Gerhard Roos

Unbillig?

Impressum

© 2022 Gerhard Roos
Herstellung und Verlag:
BoD – Books on Demand, Norderstedt

ISBN: 978-3-7562-3744-9

Inhalt

Titelfoto: „Therme Brigerbad am Morgen"
Nicolas Glauser/travelita.ch

Unerwartet

Martin Kern staunte nicht schlecht, als er am späten Samstagvormittag den grauen, sichtlich amtlichen Einschreibebrief aus den Händen des Briefzustellers entgegen nahm. Was wollte wohl die „Freie Hansestadt Bremen" von ihm? Seit bestimmt drei Jahren war er nicht mehr mit dem Auto in oder durch diese Stadt gekommen, also dürfte es kein Bußgeldbescheid wegen eines Verkehrsvergehens sein. Als er den Umschlag geöffnet und das Schreiben gelesen hatte, hatte sein Gesicht fast völlig seine Farbe verloren. Wortlos schob er den Brief über den Tisch. Seine Frau Brigitte las nun auch:

„Sehr geehrter Herr Kern, nach monatelangen Nachforschungen hat sich ergeben, dass Sie als der einzige noch lebende Nachkomme des langjährigen Bremer Bürgers Klaus-Georg Hoppenstedt, geb. 17.07.1937 in Bassum, festgestellt werden konnten. Da Herr Hoppenstedt seit nunmehr 18 Monaten in einer Seniorenpflegeeinrichtung in Lilienthal/Niedersachsen lebt, seine Rente jedoch zur Kostendeckung bei Weitem nicht ausreicht, hat die Freie Hansestadt Bremen, in der er bis zur Aufnahme in der genannten Einrichtung seinen ‚gewöhnlichen Aufenthalt' gehabt hatte, nach geltendem Recht vorleistend die ungedeckten Kosten übernommen.

Gemäß § 1601 BGB sind Verwandte in gerader Linie grundsätzlich verpflichtet, einander Unterhalt zu gewähren. Verwandte in gerader Linie sind, von den

Eltern aus gesehen, ihre Kinder oder Enkelkinder, aber auch ihre Eltern, sofern noch vorhanden. Wie oben angegeben sind Sie als leiblicher Sohn nach derzeitigem Wissensstand der Einzige, der dieser Pflicht unterliegt. Gegebenenfalls kämen Ihre Kinder, soweit vorhanden, zusätzlich als Verpflichtete in Frage.

Hiermit werden sie aufgefordert, die inzwischen aufgelaufenen Leistungen für Ihren genannten Vater in Höhe von bis zu **35.281,80 €** auszugleichen und mit Wirkung vom Datum des Posteinganges dieses Schreibens den aktuellen Selbstzahlungsbetrag von bis zu **1.960,20 €** monatlich zu zahlen.

Da die Freie Hansestadt Bremen bisher keine Kenntnis über Ihre wirtschaftlichen Verhältnisse hat, fordern wir Sie hiermit auf, diese binnen vier Wochen zur Prüfung offen zu legen, um gegebenenfalls Freibeträge und Schonvermögen festzusetzen, die Ihre o.a. Verpflichtung in der Höhe beeinflussen könnten. Die Forderung bleibt bis zum erwarteten Prüfungsergebnis ausgesetzt." Die vorgeschriebenen Widerspruchsbelehrungen und eine Unterschrift vervollständigten das Ganze.

Brigitte und Martin Kern waren wie vom Donner gerührt. Martin seufzte: „Nun hat mich diese unerwünschte Beziehung zu diesem Mann doch wieder eingeholt. Das alles hatten wir so schön für erledigt und ausgestanden gehalten. Ich muss sofort mit deinem Bruder reden." Brigittes Bruder war Anwalt und Mitinhaber einer Kanzlei in Koblenz.

Dornröschen

Gudrun Wellmann war die Erste ihrer Familie, die es geschafft hatte, ins Gymnasium eingeschult zu werden, nach der Mittleren Reife nicht direkt eine Berufsausbildung zu beginnen und mit achtbarem Notenerfolg allmählich dem Abitur näher zu kommen. Nach den Osterferien 1957 würde sie die Oberprima besuchen und im Frühjahr 1958 dann dieses Abitur ablegen. Ihr Vater Walter betrieb in Oberlahnstein eine gut eingeführte Tischlerei, in der inzwischen ihr ältester Bruder Günter seiner Meisterprüfung zustrebte und, seit acht Monaten verheiratet, der Geburt seines ersten Kindes entgegen fieberte. Der zweite, Manfred, hatte nach der Mittleren Reife eine Ausbildung beim Amtsgericht in Oberlahnstein gemacht und saß nun, frischgebackener Beamter, als Rechtspfleger in eben jenem Gericht seiner Heimatstadt.

Wie das so ist mit kleinen Schwestern großer Brüder, wenn sie auch noch Familienjüngste sind, Gudrun hatte für die damalige Zeit recht viele Freiheiten. Da sie auch noch ein durchaus ansehnliches junges Weib war, konnte sie schon recht früh über einen Mangel an Verehrern nicht klagen. Direkt nach der Gründung der örtlichen Funkengarde Blau-Weiß hatte ihre karnevalsbegeisterte Mutter Ingrid sie überredet, sich bei dieser Truppe anzumelden, wo sie mit großem Eifer und auch ordentlicher Begabung recht schnell ein unverzichtbares Mitglied wurde. Bereits nach wenigen Monaten wurde sie mit noch Siebzehn zielsicher von den beiden Trainerinnen darauf vorbereitet, in der ersten Kampagne 1956/57 als Zweitbesetzung zum Notfallersatz für das offizielle Funkenmariechen bereit zu stehen. Man konnte ja nie wissen. Bereits ihr erster Auftritt am Faschingsdienstag, das Funkenmariechen hatte sich kräftig erkältet und fiel tatsächlich am letzten Tag aus, wurde ein voller Erfolg.

Die Tänzer der Garde rissen sich um die Aufgabe, mit Gudrun die besonderen Tanz- und Hebefiguren zu trainieren und ihr auch persönlich auf diese Weise näher zu kommen. Sie hatte sich jedoch vorgenommen, allen diesen Werbungen zu widerstehen. Erstens hielt sie sich selbst noch für zu jung, zweitens war letztlich keiner der netten Kerle so besonders, dass sie sich hätte auf ihn einlassen wollen. Selbst bei den nicht seltenen Partys - der Begriff kam damals gerade in Mode - wahrte sie gekonnt ihre Grenzen. Bei ihren Schulkameraden und den Jungs der Garde hatte sie deshalb bald den Spitznamen „Dornröschen".

Natürlich brachten ihre Brüder die Kunde von ihrer legendären Vorsicht im Umgang mit dem anderen Geschlecht ins Elternhaus, und sowohl Gudruns Mutter als auch ihr Vater waren mächtig stolz auf ihre vernünftige Tochter. Dafür gab es einen weiteren Grund. Trotz Gudruns Eifer bei den Funken, sie fehlte bei keiner Trainingsstunde, und auch trotz ihrer Rolle als stets gern geladenes Partymädchen vernachlässigte sie ihre Schule keineswegs. Im Gegenteil, ihre Noten verbesserten sich sogar im Lauf der Zeit.

Irgendwann in einer Schulpause, in der die Schüler des Lahnsteiner Gymnasiums wegen des recht ekligen Schneematsches in den Fluren und Klassen bleiben durften, bemerkte Gudruns Lateinlehrer, der alte Doktor Kessel, verwundert, dass sie von ihren Mitschülerinnen und Mitschülern stets als „Dornröschen" angeredet wurde. Im Unterricht konnte er es sich dann nicht verkneifen, sie direkt zu fragen, wie sie denn zu diesem Spitznamen komme. Die Antwort kam aber nicht von ihr, sondern blitzschnell vom eigentlich ständig vorlauten Klassenkameraden Peter Kern, der dem verdutzten Lateinlehrer erklärte: „Sie sitzt unzugänglich in ihrem selbst gebauten Schloss und verteidigt ihre Unnahbarkeit mit einer unsichtbaren Dornenhecke." Auf die Frage des Lehrers „Ja, kränkt sie das denn nicht, Gudrun?" antwortete die vergnügt: „Nein, im Gegenteil. Auf diesen Namen bin ich richtig stolz."

Der Prinz

Klaus-Georg Hoppenstedt war als einziger Junge und mit acht Jahren Altersabstand der Jüngste in einer Geschwisterschar mit vier älteren Schwestern. Als sein Vater 1939 aus der kleinen verstreuten Siedlung zwischen Diepholz und Bassum zum Militär und direkt in den Krieg eingezogen worden war, umhegten und verwöhnten die fünf weiblichen Familienmitglieder den Kleinen in jeder Hinsicht. In gewisser Weise ähnelte seine Rolle in der Familie der eines Teddybären. So wurde ihm auch nicht beigebracht, für irgendetwas Verantwortung zu übernehmen. Alles erledigte sich wie von selbst. Auch als sein Vater 1947 aus britisch-kanadischer Gefangenschaft entlassen worden war, änderte sich nichts an diesem Zustand. Sein Vater konnte direkt wieder in seinem früheren Beruf als Torfstecher anfangen und seine Mutter blieb bei ihrer Beschäftigung als Schwesternhelferin im Bassumer Krankenhaus, die sie seit Kriegsbeginn ausgeübt hatte, um sich und ihre Kinder durchzubringen. So waren die großen Schwestern seine Prägepersonen, die ihm jedes Hindernis aus dem Weg räumten.

Immerhin gelang ihm eine ordentliche Schulkarriere, die mit der Mittleren Reife der Realschule Diepholz gekrönt wurde. Anschließend fand er eine Ausbildungsstelle bei der Post, wurde Schalterbeamter und pendelte täglich mit dem Postbus in den Stadtsüden Bremens. Im Laufe des Jahres 1956 ergab sich durch die täglich zweimalige gemeinsame Busfahrt, dass er einer ebenfalls gerade Neunzehnjährigen aus Bassum namens Christiane allmählich näher kam. Kaum waren sie einige Male miteinander ausgegangen, auch zweimal gemeinsam ins Kino, wo im Dunkeln erste Zärtlichkeiten ausgetauscht worden waren, erhielt Klaus als einer der Ersten aus diesem Gebiet und der Republik überhaupt den Einberufungsbefehl zur neu gegründeten Bundeswehr, die eigentlich erst zum ersten April als ordentliche Wehrmacht der Bundesrepublik ihre offizielle Funktion erhielt.

Wie das zu jener Anfangszeit der Wehrpflicht war, wurden die jungen Rekruten nach undurchschaubaren Maßstäben über die Republik verteilt, zumeist weit weg von Wohnort stationiert und somit im Sinne der aktuellen Politik „verselbstständigt". Klaus-Georg, den jedermann nur Klaus nannte, erhielt seine Einberufung in die wieder eröffnete Pionierkaserne in Niederlahnstein. Als er seiner Freundin Christiane von dieser neuen Situation Bericht erstattete, gab es bei der jungen Dame heftige Tränen. Angesichts der zu erwartenden Trennung auf Zeit suchte sie nun noch jede freie Minute mit ihrem Klaus zu verbringen. Wie wichtig oder nicht ihm die Beziehung zu Christiane wirklich war, durchdachte er gar nicht, sondern genoss es, in Kürze vermisst zu werden. Als es sich dann am letzten gemeinsamen Abend, dem Altjahresabend 1956, in alkoholisierter Laune sogar ergab, dass sie ihm anbot, über Nacht bei ihr zu bleiben, widerstrebte er diesem Ansinnen nicht. Es schmeichelte seiner Teddyseele, begehrt zu werden. Und Christianes Mutter, die bei Bekannten ins Neue Jahr hinein feierte und dort über Nacht blieb, bekam von dieser ersten Nacht der Beiden gar nichts mit.

Am kommenden Morgen erschien er dann zur Frühstückszeit in seinem Elternhaus, log, er habe bei einem Kumpel geschlafen, ergriff seinen längst gepackten Koffer und kam gerade noch rechtzeitig zum Hauptbahnhof in Bremen, um die sorgfältig geplante Reise nach Niederlahnstein pünktlich anzutreten. Ausgeschlafen und bereit zum Dienst erlebte er schließlich am 2. Januar den ersten Apell.

Wilde Wochen

Einerseits gefiel ihm das Soldatenleben ganz gut, bei dem ihm das Denken und Planen abgenommen wurde. Andererseits fehlte ihm dann doch ein wenig die Freiheit der Freizeitgestaltung, die er bislang ja reichlich zur Verfügung hatte. So ging er sofort und gerne auf den Vorschlag ein, den ihm einige andere Rekruten machten, jeweils am Wochenende gemeinsam Lahnstein und vielleicht auch Koblenz „unsicher zu machen". Alle waren fern der Heimat und mussten sich in der neuen Situation zurechtfinden. Die sich wieder langsam formierende Karnevalsszene im Mittelrheingebiet bot genügend Gelegenheiten, ordentlich zu feiern und junge Leute aus der Gegend kennenzulernen. So hatte es sich dann am 28. Februar, dem „Schwerdonnerstag", in Lahnstein auch „Schmutziger Donnerstag" genannt, ergeben, dass die fünf jungen Soldaten mit Genehmigung ihres Vorgesetzten mit anderen jungen Leuten und einem Teil der Funken Blau-Weiß am Abend nach deren Auftritt am Rathaus, dem ersten überhaupt in ihrer kurzen Vereinsgeschichte, in einer Niederlahnsteiner Tanzkneipe ans Feiern kamen. Hier begegneten sich Gudrun Wellmann und Klaus-Georg Hoppenstedt zum ersten Mal.

Klaus war ja nun unzweifelhaft ein hübscher, großgewachsener Kerl, dessen wasserblaue Augen so sanft zu blicken verstanden, dass bereits während ihres ersten Tanzes mit ihm Dornröschens Dornenhecke alle Dornen verlor und ihre Schlossmauern, die doch ihr ganzer Stolz waren, wie die Wände eines Kartenhauses zusammenbrachen. Aber auch Klaus war vom Reiz der attraktiven Einheimischen sofort verzaubert. Bereits an diesem Abend waren sie unzertrennlich und verabredeten sich für die jeweils gemeinsame freie Zeit des folgenden Karnevalswochenendes, als sie sich zur Sperrstunde mit einem ersten innigen Kuss von einander verabschiedeten. Irgendeinen Gedanken oder ein Gefühl an Christiane daheim verschwendete Klaus nicht, dies hier war anders, in Gudrun hatte er sich ernsthaft verliebt. Und Dornröschen war von seinem Prinzen „befreit" worden.

Nachdem die Beiden jede gemeinsam freie Minute des Wochenendes zusammen zugebracht und eine Menge Zärtlichkeiten ausgetauscht hatten, kam nun Gudruns besonderer Auftritt als Ersatz-Funkenmariechen am Faschingsdienstag. Und da Klaus wie alle anderen Soldaten des Standortes Sonderurlaub für diesen Tag erhalten hatte, konnte er das Ereignis auch direkt miterleben und anschließend mit Gudrun und den Anderen deren Erfolg gebührend feiern. Weil Gudruns Eltern und ihr noch daheim wohnender Bruder Manfred sicherlich erst nach Mitternacht nach Hause kommen würden, nahm Gudrun, als es dunkel wurde, ganz unauffällig ihren Prinzen mit nach Hause. Vor lauter gemeinsamer Leidenschaft wäre Klaus fast zu spät aus ihrem Bett und dem Haus ihrer Familie gekommen.

Am Freitag nach den tollen Tagen erhielten alle Niederlahnsteiner Rekruten ihre Einsatzbefehle für die Zeit nach der Grundausbildung. Etwa ein Drittel blieb am Standort, der Rest wurde über die ganze Republik verstreut. Klaus würde nach Oldenburg verlegt, wo der Umbau der bis vor Kurzem britisch genutzten Kaserne, die 1958 der neu entstehenden Luftwaffe übergeben werden sollte, eifrig betrieben wurde. Obwohl er weiter Uniform tragen würde, sollte er seiner zivilen Ausbildung wegen in die kleine Verwaltungseinheit abkommandiert werden, welche die Abrechnungen der Oldenburger Baukosten durchführen und deren Korrektheit überwachen sollte. Er war dann zwar weiterhin Pionier, aber im Sondereinsatz für die Luftwaffe, die es noch gar nicht gab.

Nachdem Gudrun und ihm nun klar war, wie kurz ihre gemeinsame Zeit sein werde, suchten sie einen geheimen Ort für unentdeckte Zweisamkeit. Gudruns genaue Ortskenntnisse machten es möglich, in einer kleinen Pension im Lahntal bei der verschwiegenen Wirtin Herta Lotz ein Zimmer zu mieten, in dessen Bett die Beiden nun bis zum Monatsende jede gemeinsam freie Zeit verbrachten. Anders als in der ersten ungeplanten Nacht hatte Klaus auf Gudruns Bitte hin nun auch für Kondome gesorgt. Sonstige Gedanken an irgendeine Zukunft verschwendeten beide nicht, nur ihre wilde Leidenschaft hatte Bedeutung. Gudrun konnte trotz Allem ihre Schulleistungen ganz gut auf dem üblichen Niveau halten. Und die Geschichten, mit denen sie ihre Abwesenheit von daheim zu ungewöhnlichen Zeiten erklärte, waren durchaus glaubhaft.

Für Samstag, den 29. März, war nun für Klaus unwiderruflich die Abreise Richtung Norden geplant. Er wollte zu Hause für zwei Nächte Station machen und hatte sich dann am 1. April um 15 Uhr in Oldenburg bei seinen zukünftigen Vorgesetzten einzufinden. Er hatte erfahren, mit ihm zusammen seien nur drei weitere junge Soldaten zu dieser etwas ungewöhnlichen Aufgabe kommandiert.

Gudrun hatte sich ab Freitagnachmittag bei ihrer Familie mit der Aussage abgemeldet, sie wolle über das Wochenende eine Schulfreundin im Taunusdorf Dachsenhausen aufsuchen. Die war eingeweiht und hatte zugesagt, ihr auch schon für die Nacht zum Samstag notfalls ein Alibi zu geben. Gudrun wollte ja in Wirklichkeit erst samstags zu ihr kommen.

Viel geschlafen hatten weder Dornröschen noch ihr Prinz, als sie sich in Koblenz am Bahnhof verabschiedeten. Gudrun würde als Erste einen Brief schreiben, Klaus hatte ihr die Büroadresse seiner Einheit gegeben. Und Post an sie solle vorerst einmal unterbleiben, ihre Familie war ja ahnungslos. Ein paar Tränen gab es schon, aber der Abschied war kurz, und dann verschwand die Bahn schnell aus Gudruns Blicken.

Überraschungen

Die Fahrt in Richtung Heimat wurde für Klaus schwieriger als gedacht. Weil er einen Anschlusszug durch die Verspätung seines Zuges verpasste, kam er erst am frühen Nachmittag in Bremen an, von wo er aber immerhin sofort mit dem Lilienbus nach Hause fahren konnte. Als er sein Elternhaus betrat, staunte er nicht schlecht. Um den großen Esstisch herum saßen nicht nur seine Eltern und zwei seiner Schwestern mit ihren Männern und Kindern, sondern auch Christiane. Er spürte sofort, dass hier während seiner Abwesenheit nicht nur eine überraschende Vertrautheit zwischen seiner Familie und ihr entstanden war, sondern dass irgendein Vorfall bei allen eine auffällige Spannung hatte entstehen lassen. Das Rätsel sollte sich sofort lösen.

Er wurde zuerst auf einen Platz neben Christiane gewiesen, von dieser mit einem herzlichen Kuss begrüßt und schnell mit Kaffee und Kuchen versorgt. Dann setzte seine Mutter ihr feierlichstes Gesicht auf und verkündete: „Ja, mein lieber Sohn, da wart ihr beide nun unerwartet erfolgreich. Christiane ist schwanger. Du wirst ja wohl die Verantwortung für euer Kind übernehmen. Nach unserer Ansicht wäre es vorteilhaft, ihr würdet so bald als möglich heiraten. Dann ist das Kind ein eheliches Kind, Christiane abgesichert, und du wirst ein ordentlicher verantwortungsvoller Vater."

Alles war von den Frauen vorbedacht. Sein Vater schwieg wie immer, hielt die vorgesehene Lösung aber natürlich für richtig. Gerede der Leute im Dorf konnte er überhaupt nicht gebrauchen. Schließlich war er der Stellvertreter des Bürgermeisters. Es war also wie stets, und Klaus verfiel sofort wieder in seine gewohnte Teddybärrolle. Natürlich würde er zu seinem Kind stehen, natürlich hatten die Frauen recht, natürlich würde er sich in die ganze Geschichte fügen. Christiane war schließlich schon am Beginn des vierten Monats. Kurz und ein wenig schmerzend blitze durch seinen Kopf der Gedanke: „Und Gudrun? Was wird mit ihr?" Doch schon war seine Bequemlichkeit, sich steuern zu lassen, wieder stärker. „Die ist so hübsch, die wird schon einen anderen finden." Damit war Lahnstein für ihn erledigt. Zumindest dachte er das.

Alle Vorbereitungen für eine baldige Hochzeit waren schon so weit vorangetrieben, dass er gar nicht mehr viel tun musste. Das Gespräch mit dem Pfarrer war schon für diesen Nachmittag verabredet. Und morgen früh vor seiner Abreise würde es sich sicherlich einrichten lassen, dass er eben mal schnell die vorbereitete Bestellung des Aufgebotes würde unterschreiben können. Eine Woche nach Ostern wären Christiane und er dann verheiratet und alles einigermaßen im Sinne örtlicher Sitten geregelt. Mit dieser Zuversicht fuhr er, nachdem alles plangerecht erledigt worden war, schließlich am Montag früh nach Oldenburg.

Sein Vorgesetzter war ein älterer Unteroffizier, der noch Kriegsteilnehmer gewesen war und gerne davon erzählte, dass er seine sofortige Einstellung als Berufssoldat der Tatsache verdanke, dass er Ende April 1945 zwölf Rekruten im Kindesalter des allerletzten Aufgebotes am Westwall dadurch gerettet habe, dass er sich mit den Jungs bis zum Kriegsende in einem Waldstück in der Eifel habe verstecken können und ihnen damit das Leben gerettet habe, rein rechtlich aber eigentlich desertiert sei. Dessen rheinische Mundart erinnerte Klaus deutlich an seine Lahnsteiner Zeit. Die Arbeit als solche war typische Schreibstubenarbeit, durch das Tempo der Maßnahmen und Abrechnungen nicht langweilig und dank der netten Kameraden durchaus angenehm.

Am 5. April war dann in der Büropost ein neutraler Briefumschlag mit seinem Namen, Anschrift mit der Schreibmaschine geschrieben, Absender G. Wellmann, Oberlahnstein. Als er für einige Zeit unbeobachtet war, öffnete er schnell den Brief und fand ein längeres handgeschriebenes Schreiben Gudruns, voller zärtlicher Formulierungen und mit der Hoffnung, nicht zu lange bis zu einem Wiedersehen warten zu müssen. Mit einem Seufzer, der natürlich seiner Hilflosigkeit gegenüber seiner seltsamen Situation zwischen zwei jungen Frauen geschuldet war, griff er wie nach einem rettenden Strohhalm nach einer beruflichen Alltagsgewohnheit. Er legte einen Aktenordner an, in dem er vorerst die Briefe Gudruns einordnen würde, bis er einen sinnvollen Weg für eine Loslösung von ihr würde gefunden haben. Vorerst musste er ja nicht zurückschreiben, so war es schließlich verabredet. Der Ordner bekam einen Platz unter seiner Wäsche in seinem perfekt aufgeräumten Spind.

Pünktlich am nächsten Freitag bekam er wieder einen solchen Brief und heftete diesen, nachdem er ihn gelesen hatte, in seinen Ordner. Bereits in diesem berichtete Gudrun, sie habe der verschwiegenen Pensionswirtin die Frage gestellt, ob sie seine Briefe an sie schicken lassen dürfe, die habe ihr sofort zugesagt. Wenn er zu Besuch käme, würden sie ja wieder bei ihr mieten. So sah er sich genötigt, nun doch sofort einen ersten Antwortbrief zu verfassen. Er versuchte es mit Diplomatie: „Liebe Gudrun, danke für Deine Briefe. Vieles hier habe ich anders vorgefunden, als ich es erwartet hatte, und muss mich nun darauf einstellen. Das ist sehr anstrengend und zeitaufwendig. So werde ich sicherlich länger nicht die Möglichkeit haben, einmal nach Lahnstein zu kommen. Das ist zwar schade aber nicht zu ändern. Heute muss ich mich kurz fassen, ich habe viel zu tun. Herzliche Grüße, Klaus."

Der nächste Brief Gudruns war ebenfalls sehr kurz: „Geliebter, was ist geschehen? Dein Schreiben ist so kalt und neutral abgefasst. Bitte, sei ehrlich und lass mich nicht im Unklaren. Ich liebe Dich doch über Alles! Deine Gudrun." Nun wusste er gar nicht mehr, wie er sich aus

20

der Affäre ziehen sollte. Und weder seine Eltern noch eine seiner Schwestern konnte er um Rat fragen, sie sollten ja nichts von seiner kurzen Lahnsteiner Liebschaft erfahren. So beschloss er, die Sache gründlich zu Ende zu bringen.

Gudruns nächster Brief traf am gleichen Tag bei ihm wie der Seine bei ihr ein, nämlich am Gründonnerstag, also eine gute Woche vor der Hochzeit. Klaus entnahm dem ihm zugestellten Umschlag ein ausführliches Schreiben, in dem ihn Gudrun erstens davon in Kenntnis setzte, sie erwarte von ihm ein Kind, das wisse sie seit einem Termin bei ihrem Frauenarzt am Vortag. Zweitens berichtete sie, nun habe sie natürlich ihre Eltern von dieser nicht gerade erfreulichen Neuigkeit in Kenntnis setzen müssen, bei ihnen aber unerwartet viel Verständnis gefunden. Drittens bäte sie ihn nun dringend, doch in nächster Zukunft einmal nach Lahnstein zu kommen, um zu besprechen, wie sie beide nun mit der ungeplanten und schwierigen Situation in Zukunft zurechtkommen könnten. Er sei ihren Eltern herzlich willkommen.

Was nun?

Gudrun hingegen öffnete erst am Karfreitagabend den überraschend edlen Umschlag, den sie gerade in der Pension abgeholt hatte. Darin steckte kein Brief, sondern eine Hochzeitsanzeige, der sie entnehmen musste, dass also am kommenden Wochenende Klaus-Georg Hoppenstedt und Christiane Meyer in den Stand der Ehe treten würden.

Gudrun war fassungslos. Der Mann, der ihre gesamte Lebenseinstellung schlagartig verändert und ihren soliden Selbstschutz durchbrochen hatte, jener Mensch, den sie über alles geliebt hatte, war alles andere als der edle Prinz, den sie sich in ihm vorgestellt hatte. Er war vor allen Dingen ein Feigling und Lügner. Und die Brutalität der Mitteilung per Hochzeitsanzeige schmerzte doppelt. Zuerst einmal weinte sie sich ihren ersten Schmerz aus der Seele. Als ihre direkte Reaktion einigermaßen ausgestanden war, wusste sie natürlich, auch diese neue Situation musste sie sofort mit ihren Eltern besprechen. Sie nahm also die Anzeige und begab sich in das Wohnzimmer, wo ihre Eltern und ihr zweiter Bruder Manfred gerade gemeinsam einige Geschäftsbriefe sortierten, deren überflüssige vernichtet werden sollten. Wortlos legte sie die Anzeige auf diese Blätter, setzte sich neben ihren Vater auf das alte Sofa und brach auch sofort wieder in Tränen aus.

Anfangs ebenfalls wortlos, ja fast regungslos lasen die Drei die schier unfassbare Mitteilung, dass eine Zukunft Gudruns und ihres Kindes mit dessen Vater ausgeschlossen war. Dass sie als Familie mit dieser Situation fertig werden würden, stand für alle außer Frage. Aber könnte Gudrun sich weiter auf das Abitur vorbereiten und als Schwangere die Oberprima besuchen, in die sie gerade mit guten Noten versetzt worden war? Wie würde sich ein uneheliches Kind der Tochter auf den Ruf der Handwerkerfamilie und damit auf die Geschäftsgrundlage „Geachtete Bürger Lahnsteins" auswirken? Fragen über Fragen, mit denen sie sich nun auseinander setzen mussten.

Mutter Wellmann, gewohnt, schwierige Dinge zu bewältigen, fasste sich zuerst. „Wir finden das alle ganz schrecklich. Du weißt, Gudrun, wir machen dir keine Vorwürfe, du wirst dich über deinen Fehlgriff sowieso selbst am meisten ärgern und grämen. Was sollen wir dich noch mehr belasten?" Ihr Mann und ihr Sohn nickten wortlos. „Wir müssen aber nun einen Weg finden, wie alles so eingerichtet wird, dass kein großer Schaden entsteht, weder für dein Kind noch für dich selbst noch auch für uns und unseren Betrieb." Wieder nickten die beiden Männer, diesmal auch Gudrun. „Ich schlage vor", Gudruns Mutter hatte schon die ersten Maßnahmen im Kopf, „am ersten Schultag nach den Osterferien sollten wir mit dir zum Schuldirektor Doktor Brenner gehen und ihn um ein Urlaubsjahr bitten. Dann könntest Du unauffällig dein Kind austragen und zur Welt bringen. Ich würde dir natürlich ein Schuljahr später bei der Versorgung unseres Enkelchens helfen, und du könntest dann dein Abitur doch noch erreichen."

„Ich müsste aber einen Aufenthaltsort finden, wo ich in diesem Jahr leben und ohne Schaden für den Ruf unserer Familie bis dahin bleiben könnte. Das dürfte sehr schwierig werden." Plötzlich schaltete sich ihr Vater ein: „Da habe ich, glaube ich, einen brauchbaren Gedanken. Darum werde ich mich kümmern, lasst mich mal machen." Er stand auf und verschwand im Büro, das zwischen dem Wohnhaus und der Werkstatt der erste Raum im Anbau war. Bestimmt zwanzig Minuten dauerte es, bis er mit überraschend entspanntem Gesicht zurück kam. Er setzte sich wieder neben seine Tochter, legte ihr den Arm um die Schulter und berichtete nun den Dreien von seinem erledigten Telefongespräch.

„Ich habe bei meiner Schwester, deiner Patin Therese, in Bad Schwalbach angerufen. Sie und ihr Mann Horst Thamm betreiben ja das große Haushalts- und Eisenwarengeschäft. Als die Beiden vor einigen Wochen zu Besuch bei uns waren, hat sich Horst doch so sehr beklagt, dass er nicht genug Personal für seinen Laden finden kann. So habe ich Therese gefragt, ob du nicht über die Zeit der Schwangerschaft dort leben und arbeiten könntest. Die haben doch das riesige Haus, da sollte sich wohl ein ordentliches Plätzchen für dich finden lassen. Therese hat schließlich den Horst dazu geholt. Beide waren sofort bereit, diesen Plan der gegenseitigen Hilfe umzusetzen. Ob wir morgen mal nach Bad Schwalbach kommen könnten, alles zu besprechen? Therese hat ja schon immer gute Ideen gehabt. Sie schlägt vor, dass Gudrun die ersten Monate schwarze Kleidung tragen solle, damit sie jedem, der´s wissen will, erzählen kann, ihr Patenkind sei kurz nach der Hochzeit jählings verwitwet und müsse nun allein mit Schwangerschaft und Kind fertig werden. Da habe sie ihre Patenpflicht nicht verweigern können und wollen."

Trotz des Ernstes der Situation mussten alle vier doch einmal lachen. Das war typisch Therese, und zudem eine richtig gute Möglichkeit. Wenn nun auch noch der Schuldirektor helfen könnte, wäre doch alles Wichtige geregelt. Die anstehenden Auseinandersetzungen mit dem „zweispurigen" Klaus, wie Bruder Manfred ihn nannte, wollte dieser fachmännisch unterstützen. Nicht umsonst hatte er ja gerade im Amtsgericht Oberlahnstein seine Ausbildung zum Rechtspfleger erfolgreich beendet und seit wenigen Tagen dort einen festen Arbeitsplatz.

Alles wie immer

Wie in seinem Heimatort üblich, wurde die Hochzeit von Klaus mit Christiane eine richtig große Sause. Christianes Mutter war Kriegerwitwe, lebte mit dieser ihrer Jüngsten in insgesamt bescheidenen Verhältnissen und bewohnte in Bassum ein recht kleines Haus. Sie war dankbar, dass die Familie Hoppenstedt den Saal im Dorfkrug für kleines Geld hatte mieten können. An den Vorbereitungen und Kosten beteiligte sie sich, so gut es ging. Klaus-Georgs Vater war seit einiger Zeit Vorarbeiter im Torfwerk und verdiente recht gut, und seine Mutter brachte ja auch Geld nach Hause. So wurde der einzige Sohn des stellvertretenden Bürgermeisters standesgemäß in die Ehe gebracht.

Christiane hatte sehr schnell begriffen, dass ihr Mann sich gerne dirigieren ließ. Er fügte sich dankbar in ihre Organisation des Alltages, und sie wandte alle denkbaren Mittel an, ihn trotzdem glauben zu lassen, er bestimme die wichtigen Dinge des Zusammenlebens. Zudem verstand sie sich wunderbar darauf, ihn mit ihren Zärtlichkeiten und der Vermeidung von Widerspruch genau dahin zu bringen, wo sie ihn jeweils haben wollte. So kam zum Teddybär das Kuschelhäschen. Auf diese Weise vergingen die Tage und Nächte, die Klaus jeweils in ihrer Wohnung im Bremer Stadtsüden zubrachte, ohne Reibungen oder andere Probleme. Diese Wohnung hatte die älteste Hoppenstedt-Tochter Maike, die selbst mit ihrer Familie in Bremen wohnte, bereits besorgt, bevor Klaus erfahren hatte, dass Christiane schwanger war. Auch das war ohne sein Zutun erledigt worden.

Die Erinnerung an Gudrun war ganz in den Hintergrund seines Bewusstseins verdrängt. Welche Konsequenzen ihm das Kind am Rhein bringen würde, wollte er sich vorerst nicht überlegen. Kommt Zeit, kommt Rat, das war seine Hoffnung. Zwar schlichen sich manchmal schmerzliche Erinnerungen an die wilden Stunden mit Gudrun ein, doch wurden diese sofort wieder durch die Zufriedenheit mit dem Gleichmaß und dem geregelten Leben seines Alltages überdeckt. Ein einziges Schreiben von Gudruns Eltern stieß ihn noch einmal wieder unausweichlich auf die dortige Situation. Er antwortete aber ihrer Forderung entsprechend sofort darauf und heftete auch diesen Lahnsteiner Brief in seinen Ordner.

Maikes nächster Eingriff in sein Leben geschah in Zusammenarbeit mit Christiane. Diese seine Schwester, immerhin fünfzehn Jahre älter als er, hatte in einer Radiosendung davon gehört, dass verheiratete Wehrpflichtige entweder ganz von der Einberufung befreit werden oder aber zumindest eine Verkürzung der Pflichterledigung beanspruchen könnten. Sofort ging sie dieser Information nach und unterrichtete ihre Schwägerin vom Ergebnis ihrer Recherchen. Christiane wiederum überzeugte ihren Klaus von den vor allem auch finanziellen Vorteilen dieser Möglichkeit und veranlasste ihn, einen Verkürzungsantrag zu stellen. Sein Vorgesetzter, der längst wusste, dass er in wenigen Wochen Vater werden würde, befürwortete diesen, wenn er eigentlich den zuverlässigen ordnungsliebenden Soldaten Hoppenstedt auch gerne in seiner kleinen Schreibstubenmannschaft behalten hätte. Aber er war ja kein Unmensch.

So kam es dann, dass Klaus nicht erst zum Jahresende, sondern bereits zum 30. September seine Wehrpflicht erfüllt hatte und aus dem Grundwehrdienst entlassen wurde. Da dies ein Montag war, konnte er schon am 27. seine Sachen packen und gegen siebzehn Uhr zu Hause sein. Ab dem 1. Oktober arbeitete er wieder im gleichen Postamt wie vor dem Wehrdienst, gerade einmal fünf Minuten Fußweg von seiner Wohnung entfernt. Am 5. Oktober kurz vor Mitternacht brachte Christiane dann seine Tochter zur Welt, und erfreulicher Weise waren Mutter und Kind sofort in bester Verfassung. Christiane hatte ihn längst davon überzeugt, dass es sein Wille war, einem Jungen den Namen „Tobias“ und einem Mädchen den Namen „Tanja“ zu geben. Christianes Glück schien mit dieser Tochter perfekt, und durch die Rückkehr ihres Mannes in seinen Beamtenberuf war ihr vor der Zukunft nicht angst.

Maßnahmen

Wenige Minuten vor Unterrichtsbeginn am ersten Schultag des neuen Schuljahres ließ sich Walter Wellmann von der Sekretärin des Schuldirektors Doktor Brenner einen Gesprächstermin für sich und seine Tochter geben. Wenn möglich, wäre elf Uhr in Ordnung. Dieses Gespräch in der Schule hatte die Familie Wellmann sorgfältig vorbereitet. Ingrid war mit ihrer Tochter bereits vier Tage zuvor bei ihrem langjährigen Hausarzt gewesen, hatte ihm das gesamte Debakel in allen Einzelheiten anvertraut und ihn gefragt, ob er für die Schulbehörde ein Attest verfassen könne, das Gudrun aus gesundheitlichen Gründen für vorübergehend schulunfähig ausweisen müsse, damit ein befreites Jahr würde beantragt werden können. Der erfahrene Arzt schmunzelte, bemerkte, eine Schwangerschaft sei ja eigentlich keine Krankheit, aber doch im Sinne der gesellschaftlichen Vorurteile ein echtes gesundheitliches Problem. Am Folgetag war das Attest geschrieben und Gudrun konnte es sich nach Hause holen.

Doktor Brenner war sowohl bei seinem Lehrerkollegium als auch bei den Schülern recht beliebt. Das lag an seiner offenen und humorvollen Art, die alle, denen er Anordnungen zu erteilen hatte, anstandslos seine Autorität anerkennen lies. Etwas verwundert musterte er Gudrun und ihren Vater. Das musste etwas Besonderes sein, was die Beiden zu ihm führte. Gudrun kannte er seit

Jahren aus seinem Biologieunterricht. Jetzt redete er alle diese jungen Leute im Unterricht ordnungsgemäß mit dem vorgeschriebenen „Sie" an, verfiel aber im Einzelgespräch sofort wieder in das vertraute „Du" aus der früheren Zeit.

„Also, Gudrun, was führt dich mit deinem Vater zu mir? Du hast doch noch nie im Unterricht Probleme gehabt oder gemacht." Daraufhin ergriff Gudruns Vater das Wort: „Wir haben hier ein ärztliches Attest, nach dem es meiner Tochter in den nächsten Monaten aus gesundheitlichen Gründen nicht möglich sein wird, sich unbelastet am Unterricht zu beteiligen. Deshalb möchten wir sie bitten, für Gudrun bei der Schulbehörde ein unterrichtsfreies Jahr zu befürworten, das sie dann ab Ostern 1958 wird nachholen können." Brenner betrachtete einen Augenblick lang wortlos das ärztliche Schreiben, dann schaute er Gudrun mit einem leisen Lächeln in die Augen und fragte: „Und wo, Gudrun, wirst du dein Kind in dieser Zeit austragen und zur Welt bringen? In Oberlahnstein wird das ja wohl nicht sein, da würden die Mäuler die ganze Familie Wellmann in der Luft zerreißen."

Einen Moment lang wussten Vater und Tochter nichts zu erwidern, so verblüfft waren sie von dem klaren Durchblick des erfahrenen Pädagogen. Gudrun fasste sich zuerst und berichtete nun offen vom Familienplan, sie in Bad Schwalbach als „junge Witwe" in Anstellung zu bringen und ihr so unter dem Schutz der Familie ihrer Patin eine entspannte Schwangerschaft, möglichst problemlose Geburt und jeden möglichen Schutz zu ermöglichen. „Tja, lieber Herr Wellmann, ihre Tochter ist nun meine vierte Schülerin in meiner Zeit als Direktor, die sich mit meiner Hilfe einen sinnvollen Ausweg aus einer Gefühlsverirrung und deren Folgen, die unsere Gesellschaft für unmoralisch hält, erbitten muss. Da helfe ich doch, so gut ich kann. Ich werfe schließlich keinen Stein, wenn ich selbst im Glashaus sitze. Als ich zum ersten Heimaturlaub aus dem Krieg kam, war meine Freundin im fünften Monat und wir haben sofort geheiratet. Wie wäre es ihr wohl ergangen, wenn ich vorher gefallen wäre?"

Schmunzelnd legte er das Attest in den Korb auf seinem Schreibtisch mit den sofort zu erledigenden Schreiben. „So, mein Kind, und nun erzähle mir mal, wie das alles gekommen ist. Natürlich nur, wenn es deinem Vater recht ist." Als beide mit ihrem Bericht zu Ende gekommen waren, gab Brenner Vater Walter die Hand und nahm dann kurz seine Schülerin in den Arm. „Sei froh, Gudrun, dass du den Kerl noch rechtzeitig losgeworden bist. Lieber ein Ende mit Schrecken als ein Schrecken ohne Ende." Die Männer nickten sich zu, und Walter Wellmann brach mit seiner Tochter erheblich erleichtert nach Hause auf.

Auf der Vortreppe begegnete ihnen Gudruns Klassenkamerad Peter Kern, der irgendetwas auf dem Schulhof hatte erledigen müssen. „Kommst du nicht zum Unterricht, Dornröschen?" „Nein, ich bin ab heute aus gesundheitlichen Gründen ein Jahr lang beurlaubt. Grüß mir bitte die anderen." Versonnen betrachtete der sonst so schlagfertige Peter seine Schulkameradin, nickte dann und verschwand wortlos durch den Haupteingang in das alte Schulhaus.

Manfred hatte im Amtsgericht noch einmal sein Wissen über das Unterhaltsrecht aufgefrischt und wusste nun ganz genau, was zu tun war. Als Erstes verfasste er ein Schreiben an Klaus-Georg Hoppenstedt, das er per Einschreiben an dessen Bundeswehradresse auf den Weg brachte. Er hatte folgende Formulierung entwickelt:

„Sehr geehrter Herr Hoppenstedt, wie Ihnen schon durch unsere Tochter zur Kenntnis gebracht wurde, haben Sie diese am 06.02.1957 bei einem sexuellen Kontakt ohne Verhütung geschwängert. Um die Einträge auf der Geburtsurkunde korrekt durchführen lassen zu können, fordern wir Sie als den Erzeuger des erwarteten Kindes hiermit auf, mit einem kurzen Anschreiben an uns diese eindeutige Vaterschaft rechtskräftig anzuerkennen. Damit könnten Klagen und medizinische Untersuchungen zur Vaterschaftsfeststellung vermieden werden. Das ist auch für Sie eine erhebliche Vereinfachung. Sie wollen Ihre Anerkennung bitte bis spätestens zum Ende des Monats

Mai an obenstehende Adresse senden. Um Fehler zu vermeiden, senden wir Ihnen in der Anlage eine vorbereitete Erklärung, die Sie bitte mit Ihren persönlichen Daten ergänzen und mit einer beglaubigten Unterschrift zurücksenden wollen. Hochachtungsvoll ..." Anschließend ließ er diesen Brief von seinen Eltern unterschreiben, die so die Ansprüche seiner Schwester, besser ihres zukünftigen Enkelkindes, korrekt geltend machen konnten.

Die entsprechende Anerkennung der Vaterschaft durch Klaus lag bereits wenige Tage später vor. Der Versuch, ihm die Möglichkeit zu geben, diese Angelegenheit seiner Frau vorerst zu verschweigen, war geglückt. Nach Gudruns Beschreibung hatte ihr Bruder die Feigheit des jungen Soldaten richtig eingeschätzt.

Der Mitwisser

Am späten Nachmittag nach dem Gespräch der Wellmanns mit dem Direktor und der Begegnung mit Peter Kern auf der Schultreppe stand dieser bei der überraschten Familie Wellmann vor der Tür und fragte, ob er wohl Einiges mit Gudrun im Zusammenhang mit ihrem Urlaubsjahr würde besprechen dürfen. Mutter Ingrid, die ihm geöffnet hatte und ihn ganz gut kannte, er wohnte ja nur zwei Straßen weiter in der Nähe der Lahnbrücke, und sein Vater war der Zahnarzt der Familie, bat ihn ins Haus und rief Gudrun herbei. Während ihre Mutter sich weiter in der Küche zu schaffen machte, setzte sich Gudrun mit dem jungen Mann ins Wohnzimmer. Als Erstes übergab er seiner Klassenkameradin einige Dinge, die ihr Eigentum und bisher noch im Klassenraum gewesen waren. „Als Klassensprecher habe ich mich verpflichtet gefühlt, dir deine Sachen zu bringen, es soll ja nichts verloren gehen." Richtig, bereits seit der Obersekunda war er in dieser Funktion und auch im Folgejahr wieder gewählt worden. Als Ältester der Klasse, er hatte in der Mittelstufe und der Oberstufe je einmal ein Schuljahr wiederholt und war schon in der Sexta der Älteste gewesen, hatte er stets das Vertrauen seiner Klassenkameraden. Und auf den Mund gefallen war er auch nicht, eher manchmal zu schnell mit seinen Sprüchen.

Einen Augenblick saßen sich die Beiden schweigend gegenüber. Dann holte Peter tief Luft und platzte heraus: „Also haben deine Stunden mit dem blonden Soldaten in der Pension Lotz Folgen und du musst jetzt sehen, wie du das irgendwie unauffällig über die Runden bekommst." Gudrun erschrak. „Woher weißt du das mit der Pension?" „Na, Herta Lotz ist doch die Schwester meiner Mutter und meine Patin. Ich helfe ihr immer mal wieder bei den schwereren Arbeiten. Onkel Ferdinand ist ja schon im Krieg geblieben und die beiden Töchter wohnen mit ihren Familien in Wiesbaden und in der Nähe von Gießen. In der Zeit nach Fasching habe ich im Lahntal hinter der Pension Holz für Tante Herta geschlagen und euch zwei- oder dreimal gesehen. Ich kann aber genauso gut den Mund halten wie meine Tante, wenn es darauf an kommt. Ist auch besser so, die hat sich schließlich strafbar gemacht, du bist ja minderjährig."

Gudrun konnte es kaum fassen. Da hatte Peter nicht nur mitbekommen, welche Dummheiten sie begangen hatte, sondern war auch noch so kameradschaftlich und zu seiner Tante loyal, dass er alles für sich behalten hatte. Natürlich hatte er heute früh eins und eins zusammengezählt und wie Doktor Brenner sofort gewusst, dass nur eine Schwangerschaft ihre Schulpause verursachen konnte. „Und wie wollt ihr das jetzt vor der Oberlahnsteiner Neugier verbergen?" Gudrun merkte, bei ihm war das alles andere als Neugier, das war echte Teilnahme an ihrem Problem. Also berichtete sie ihm ganz offen, wie die nächste Zukunft geplant war, und dass sie sich mit Hilfe ihrer Verwandten aus dem Blickfeld Oberlahnsteins nach Bad Schwalbach würde zurückziehen können.

„Bad Schwalbach? Das ist ja witzig. Die Eltern meines Vaters wohnen doch in Heimbach, wo er auch geboren und aufgewachsen ist. Mein Großvater war dort Förster und wohnt jetzt mit Großmutter in einem kleinen Haus, das sie schon lang vor dem Krieg als Alterssitz gekauft haben. Da fahre ich oft am Wochenende mit meinem Motorrad hin, das mir meine Eltern gebraucht gekauft haben, damit ich Großvater bei schwereren Arbeiten helfen kann. Von da nach Bad Schwalbach ist es nur ein Katzensprung. Weißt du was, dann besuche ich dich ab und an und erzähle dir, was hier und in der Schule so alles läuft." Das war keine üble Aussicht, auch auf diesem Weg der Heimatstadt verbunden zu bleiben. Und Peter würde über ihr Leben in Bad Schwalbach jedenfalls schweigen, dessen war sie sich ganz sicher. Gudrun gab ihm also die Adresse des Geschäftes der Eheleute Thamm. Vergnügt verabschiedete sich der junge Mann und freute sich über diese einfache Möglichkeit, mit Dornröschen den Kontakt zu halten.

Die schwarze Witwe

Gudruns Umzug am Sonntag, dem 28. April nach Bad Schwalbach war schnell erledigt, der kleine blaue Lastwagen der Firma Wellmann war gar nicht ausgelastet, obwohl sie sogar mehr als die Möbel aus ihrem Lahnsteiner Zimmer mitnehmen konnte. Therese Thamm hatte Gudrun nicht innerhalb der beiden abgeschlossenen Wohnungen in ihrem Geschäftshaus einquartieren wollen. Die kleinere bewohnte sie mit Horst seit dem Tod seiner Mutter selbst, die größere hatten sie ihrem Sohn Hartmut und seiner Familie überlassen, seit dieser nach einer vorübergehenden Zeit bei einem Großhandel in Frankfurt als Juniorchef mit in ihr Geschäft eingestiegen war. Es gab aber im Hinterhaus eine kleine leere Wohnung, die für etwaige Angestellte vorgesehen war. Da hatte Gudrun von nun an ihr eigenes kleines Reich und war trotzdem jederzeit ihrer Verwandtschaft nah.

Ihre Aufgaben im Laden hatte Gudrun schnell begriffen, schon nach wenigen Tagen überließen ihr Thamms den Haushaltswarenbereich in eigener Verantwortung. Den Einkauf besorgte weiterhin ihre Tante Therese, aber den Verkauf hatte Gudrun ganz bald fest im Griff. Die Stammkunden wollten natürlich wissen, wer denn wohl diese schwarz gekleidete junge Frau sei, und wurden wie geplant belehrt, dieser Nichte sei kurz nach der Heirat der Mann verstorben, und sie sei hier nun angestellt. Ihr freundlicher und nach kurzer Zeit auch recht kompetenter Umgang mit der Kundschaft machte sie bald beliebt im Städtchen. Ihr Vetter Hartmut, der für den Verkauf im Metall- und Werkzeugbereich zuständig war, beobachtete mit einigem Respekt, wie sie als ungelernte Kraft ihre Aufgabe meisterte.

Bereits am 5. Mai fragte am frühen Nachmittag bei der Familie Thamm ein freundlicher junger Mann in Motorradkluft nach deren Nichte Gudrun. Horst, den er aus seinem Sonntagsmittagsschläfchen geweckt hatte, wollte zuerst etwas verärgert reagieren, begriff aber dann schnell, mit wem er es zu tun hatte. Gudrun hatte angekündigt, dass Peter sie irgendwann werde besuchen kommen. „Sie sind also der Enkel vom alten Förster Kern aus Heimbach. Den kenne ich sehr gut, hat er doch in seiner Dienstzeit wie jetzt auch sein Nachfolger den gesamten Bedarf des Reviers an Nägeln, Drahtzäunen, Krampen, Beschlägen und allerlei Werkzeug über uns gedeckt. Heute hat noch niemand mit ihnen gerechnet. Aber kommen sie nur herein, ich werde Gudrun herüber holen."

Die staunte ebenfalls nicht schlecht, dass Peter sie nach so kurzer Zeit hier schon aufsuchte. Als sie in Thamms Wohnzimmer hereinkam, in dem Therese höflich den unerwarteten Gast aus der Lederjacke und auf das Sofa komplimentiert hatte, erkannte diese am Aufleuchten in den Augen des jungen Mannes sofort, warum der so schnell hatte kommen müssen. Der war rettungslos in Gudrun verliebt! Er gab sich aber beachtliche Mühe, dieses Gefühl zu verbergen. Sie versorgte dann zuerst alle mit Kaffee und sogar einem Stückchen Kuchen und beobachtete zusammen mit ihrem Mann, der auch bemerkt hatte, was mit Peter los war, gespannt die beiden jungen Leute.

Peter berichtete nun von den ersten Tagen des neuen Schuljahres. Der alte Lateinlehrer Doktor Kessel war, wie angekündigt, nun im Ruhestand. Sein Nachfolger namens Bock hatte sich bereits in der ersten Stunde durch zynische Sprüche bei der gesamten Klasse unbeliebt gemacht. Das könnte heiter werden. Den Spitznamen „Rammbock" hatte er schon. Der Schuldirektor war weiterhin ihr Biolehrer und hatte der Klasse kurz und knapp mitgeteilt, dass sie ihrer Gesundheit wegen ein Schuljahr aussetzen müsse. Das habe einiges Mitgefühl hervorgerufen. „Du siehst, Gudrun, du bist in der Klasse durchaus beliebt." Dann erzählte Peter ein Wenig von seinen Großeltern. Sein Großvater sei in diesem Frühjahr doch nicht mehr so spannkräftig wie früher, er merke langsam das Alter, immerhin Zweiundachtzig. „Da werde ich wohl in der nächsten Zeit jedes Wochenende nach Heimbach kommen. Der Garten braucht mich. Und dann abends oder sonntags schaue ich hier vorbei. Wir können ja auch mal was zusammen unternehmen, vielleicht ins Kino gehen oder eine kleine Tour mit dem Motorrad machen. Jedenfalls werde ich die Ledersachen meiner Schwester mitbringen, die werden dir passen."

„Ja, das ist eine hübsche Idee", meinte Therese, „dann kommst du hier auch ab und an einmal raus, so lange das noch geht, Gudrun." Und insgeheim dachte sie, dass wohl nicht nur der Opa diese Wochenendbesuche dringend benötige, sondern auch und vor allem der Herr Enkelsohn. Und das ist gut so, war ihre Meinung dazu. Und Gudrun sah man an, dass sie diese Angebote durchaus gerne würde annehmen wollen. Hier war doch ein bisschen zu wenig Lahnstein. Peter versprach dann, am folgenden Sonntag schon sehr früh, so gegen neun Uhr, zur Stelle zu sein, um mit Gudrun einen Motorradausflug zu unternehmen, sofern das Wetter mitspiele. Anderenfalls müsse man eben sehen, wie der Tag zuzubringen sei. Als er sich dann verabschiedete, waren Thamms durchaus von diesem jungen Mann angetan. Was genau in Gudrun vor sich ging, war nicht zu erkennen, nur, dass ihr die Aussicht auf einen Ausflug mit Peter durchaus gefiel.

Das Wetter im Frühling des Jahres 1957 war nicht besonders einladend für Motorradausflüge. Immer wieder gab es kleine Regenschauer, die den Spaß störten. Trotzdem kam Peter am 12. Mai pünktlich um neun Uhr von der Parallelstraße aus in den Firmenhof gefahren und klopfte an Gudruns Wohnungstür. Horst hatte ihm diesen direkten Weg zum Hinterhaus gezeigt. Zuerst überreichte er ihr ein Blumensträußchen. „Heute ist doch Muttertag, und du wirst ja nun Mutter. Also musst auch du ein bisschen geehrt werden." Gerührt stellte sie die Blumen in ein Trinkglas mit Wasser, Vasen hatte sie keine.

Da es noch trocken war, probierte sie nun bereitwillig die Motorradkluft an, die Peters Schwester gehört hatte, und stellte erfreut fest, dass Peter die Passform richtig eingeschätzt hatte. Sie ließ sich dann zeigen, wie sie am sichersten auf dem bequemen Soziussitz Platz nehmen konnte. Peter erklärte ihr schließlich, dass es zwar vorgesehen sei, dass sie sich am Bügel vor dem Soziussattel festhalten solle, doch sei sicherer und auch bequemer, sich an den Seitenwülsten seiner Lederjacke zu halten, dann wachse ganz schnell das Gefühl für die Kurven. Seine Schwester Marianne habe das so auch ganz schnell gefunden.

Dann startete er den Motor und setzte sich mit seiner kostbaren Fracht, wie er die schwangere Gudrun insgeheim bezeichnete, behutsam in Bewegung. Um im Falle einsetzenden Regens schnell ins Trockene zu kommen, hatte er sich ausgedacht, nach Wiesbaden zu fahren, nach einem Spaziergang durch den Biebricher Schlosspark in einem kleinen Restaurant am Rhein, das er schon öfter mit seiner Familie besucht hatte, Mittag zu essen und dann in die Nachmittagsvorstellung des größten Wiesbadener Kinos zu gehen. Gudrun hatte tatsächlich nach den ersten der zahlreichen Kurven ins

Rheintal herausgefunden, wie sie die Bewegungen des Rades gefahrlos und bequem mitmachen konnte. Und bald fand sie auch die Gelassenheit, das besondere Gefühl des Motorradfahrens ohne Unbehagen zu genießen.

Als Peter die Maschine in der Nähe des Biebricher Schlosses an der Parkmauer abstellte, konnte sie ehrlich sagen: „Das macht richtig Laune, hätte ich gar nicht gedacht." Mit den Jacken unterm Arm spazierten sie dann eine Stunde lang durch den Schlosspark und amüsierten sich köstlich über die zahlreichen ständig streitenden Enten am und im Weiher. Schließlich war dann das Mittagessen nicht nur schmackhaft, sondern auch mit dem Blick auf und über den Rhein ein schönes Erlebnis. „Dort drüben in Mainz wohnt meine Oma. Sie ist die Einzige aus dieser Generation meiner Familie, die es noch gibt. Opa Julius Wellmann, der Gründer unserer Schreinerei, und Oma Ilse sind vor zwei Jahren kurz hintereinander verstorben, das wirst du wissen. Und Opa Friedrich Guntrum aus Mainz musste als junger Vater in den Krieg und ist noch 1918 gefallen. Oma Greta hat aber Mutters und ihrer kleinen Schwestern Erziehung und Versorgung perfekt geschafft. Sie hatte eine Altstadtkneipe, die jetzt Tante Hedwig und ihr Mann Heinz führen."

Der Kinofilm war zwar nicht berauschend, aber doch ein zufrieden stellendes Erlebnis. Peter achtete ohnehin kaum auf die Leinwand, sondern beobachtete aufmerksam seine Begleiterin, die diese Aufmerksamkeit durchaus bemerkte und nicht als unangenehm empfand. Dass sie auf dem Rückweg durch einen kurzen Regenschauer fahren mussten, war gar nicht schlimm, bis nach Bad Schwalbach hatte sie der Fahrtwind wieder getrocknet.

Am 19. Mai kam Peter erneut, wenn auch erst am frühen Nachmittag. Es war draußen nass und ungemütlich. Trotzdem fuhren sie mit dem Motorrad los, aber nur bis Heimbach, wo sie den netten Großeltern Peters einen Besuch abstatteten. Peters Großmutter hatte dazu eingeladen. Als sich Peter am Abend von Gudrun verabschiedete, kündigte er an, er werde erst am 2. Juni wieder kommen können. Familiengeburtstage am 26. Mai und am folgenden Himmelfahrtstag ließen ihn nicht los kommen. Gudrun hatte sich daraufhin vorgenommen, am 26. Mai einmal richtig auszuschlafen. Sie war nun im dritten Monat schwanger und hie und da etwas müde, fühlte sich aber im Ganzen ausgesprochen wohl. Am 30. Mai wollte sie auch wieder ausschlafen, war aber am Morgen schon früh wach und stand dann ziemlich bald auf. Gegen neun Uhr wurde sie etwas unruhig. Als sie sich überlegte, was wohl der Grund dafür sein mochte, stellte sie verwundert fest, dass ihr allmählich Peters wöchentliche Gesellschaft zu fehlen begann.

Am 2. Juni erlebten beide dann einen sonnigen Sonntag, der Peter dazu brachte, mit Gudrun auf den großen

Feldberg im Taunus zu fahren. Von Weitem gesehen hatte sie diesen Berg mit seinen Türmen schon oft, aber oben gewesen war sie noch nie. Es wurde ein erlebnisreicher und fröhlicher Tag. Als sie sich zur Rückfahrt wieder die vollständige Lederkleidung überzogen, fragte Gudrun plötzlich, ob Peter den Soziussattel so weit nach vorne verschieben könne, dass der Griff direkt hinter seinem Körper zu stehen käme. Etwas verwundert löste er die Verriegelung und schob den Sattel in die gewünschte Position. Gudrun kam dadurch so nahe zu Peters Rücken zu sitzen, dass ihre Oberschenkel fest an seinen Hüften lagen und er ihren Körper direkt an seinem Rücken spürte. Als er beschleunigte, legte sie ihm ihre Arme um den Körper und ihren Kopf seitwärts gedreht gegen seinen Hinterkopf. In den Kurven fuhr sich nun die Maschine, als ob nur eine Person auf ihr säße. Peter genoss die Nähe des Frauenkörpers und Gudrun empfand auf einmal eine wundersame Geborgenheit in eben dieser Nähe. Das hatte sie sich wohl von der Verschiebung des Sattels erhofft.

Vor der Tür ihrer kleinen Wohnung fragte Peter, ob sie sich vorstellen könne, mit ihm, seiner Schwester und seinem Schwager das folgende Pfingstwochenende in der großen Jagdhütte seiner Eltern oberhalb von Laufenselden zu verbringen. Seine Schwester sei ja im sechsten Monat, sie hätten sich sicherlich Einiges zu erzählen. Schlafräume wären dort genug. Und eine kleine

Auszeit von Bad Schwalbach wäre ja sichtlich immer wieder in ihrem Interesse. Sie brauche nur Zahnbürste und Schlafanzug, für alles andere sei gesorgt. Statt einer Antwort fasste sie plötzlich sein Gesicht zwischen ihre Hände und küsste ihn zart auf den Mund. Dann drehte sie sich um, sagte „Ich freue mich auf Pfingsten", und verschwand in ihrer Wohnung. Peter brauchte eine ganze Weile, bis er seine Fassung wiedergefunden hatte, seine Maschine besteigen und nach Hause fahren konnte.

Die Jagdhütte

Durch seinen Vater war der Zahnarzt Doktor Hans-Joachim Kern an das große Jagdrevier nördlich der Bäderstraße gekommen. Bis zur rheinland-pfälzischen Grenze erstreckte sich vorwiegend Wald, in dem es eine reiche und bisweilen überstarke Wildpopulation gab. Kern war nicht nur ein leidenschaftlicher Jäger, sondern auch ein fürsorglicher Heger dieses Wildbestandes. Die große Hütte an einer klaren und reinen Quelle gehörte der Waldeigentümerin, der Hessischen Forst- und Domänenverwaltung. Sie stand dem Jagdpächter zur Verfügung. Es gab eine Stromversorgung und vermittels einer kleinen Pumpanlage sogar fließendes Wasser. Fast wie ein kleines Einfamilienhaus hatte sie insgesamt eine Küche, eine separate Toilette, einen Hygieneraum und fünf Zimmerchen, zwei davon unter dem Dach.

Als ihn zwei seiner Kinder baten, ihnen die Hütte über das Pfingstwochenende zu überlassen, war ihm das durchaus recht. Er und seine Frau Gerhild hatten ohnehin eine kleine Städtereise nach Trier geplant und schon ein Hotelzimmer gebucht. Als dann schließlich Peter am Pfingstsamstag gegen vierzehn Uhr bei Gudrun anklopfte, hatte sie ihre Sachen in eine kleine Tasche gepackt, schon die Motorradlederhosen an und ihr langes welliges Haar wieder ordentlich zusammengesteckt. Also nur noch die Jacke an, und los konnte es gehen.

Peter schaute sie etwas zaghaft an und verriet, dass seine Schwester Marianne und ihr Mann Jürgen kurzfristig abgesagt hätten. Marianne habe eine Infektion eingefangen, wolle sich schonen und diese Erkrankung keinesfalls an Gudrun weiterreichen. „Fährst du trotzdem mit mir zur Hütte?" „Warum nicht? Du wirst mich ja wohl nicht fressen, wenn wir dort alleine sind." Er schüttelte nur den Kopf.

Als sie auf der Maschine Platz nahm, bemerkte sie, dass Peter den Haltebügel abgeschraubt hatte. Das hatte einmal zur Folge, dass ihr das Ding nicht mehr in die Beinmuskulatur drückte, zum Anderen, dass nun der direkte Kontakt zu Peter noch stärker und angenehmer zu spüren war. Die Fahrt zur Hütte dauerte nicht einmal eine halbe Stunde, obwohl die letzten etwa fünfhundert Meter auf einem unebenen Waldweg zurückgelegt werden mussten. Peter fuhr diese Strecke sehr behutsam. Vor Ort zeigte er ihr die beiden größeren Schlafzimmerchen, in denen sich je ein Doppelbett befand. „Hier kannst du schlafen, im zweiten wollten Marianne und Jürgen schlafen, ich gehe nach oben in das eine kleine, da schlafe ich immer, wenn ich hier bin."

Zuerst entledigten sie sich der unbequemen Lederkluft, für deren Aufbewahrung ein besonderer durchlüfteter Einbauschrank zur Verfügung stand. Dann kochte Peter einen guten Kaffee, zu dem Gudrun zu seiner Verblüffung einige Gebäckteilchen beisteuerte.

Anschließend machten sie dann einen ausführlichen Waldspaziergang, während dessen es die ganze Zeit erfreulich trocken blieb. Erst als sie zurückgekommen waren, begann es leise zu nieseln und nach einiger Zeit richtig zu regnen.

Peter richtete nun unter dem Vordach einen kleinen Feuerkorb, holte aus dem wohlgefüllten Kühlschrank einige Bratwürste und bereitete ein schmackhaftes Abendessen. Danach blieben sie einfach neben der Glut sitzen, schauten in den feuchten Wald hinaus und gönnten sich einige Gläser einer von Peters Mutter selbst hergestellten alkoholfreien Holunderblütenbowle. Beide waren überrascht, wie gut sie miteinander zu schweigen vermochten.

Als es allmählich dämmerte, stand Gudrun auf und kündigte an, sie werde sich nun in das Bad, wie sie es nannte, begeben und sich fürs Schlafen zurechtmachen. Peter nickte „Ich mache das dann anschließend." Er löschte die Glutreste, verschloss die Hütte und setzte sich auf den Sessel seines Vaters, um zu warten, bis Gudrun fertig war. Das war sie aber schon und kam nun wieder ins Wohnzimmer. Sie trug einen knapp sitzenden Trikotschlafanzug mit kurzen Ärmeln und kurzer Hose. Ihr Haar hatte sie nun völlig offen, sodass die brünetten Wellen ihr fast bis zur Hüfte reichten. Langsam drehte sie sich direkt vor Peter einmal um sich selbst. Sie war noch viel anziehender, als er sich das in seinen kühnsten

Träumen hatte vorstellen können. Und nun setzte sie sich auch noch wortlos auf seinen Schoß und kuschelte sich an seine Brust. Wie sollte er da noch seine Hände unter Kontrolle behalten? Sanft begann er ihren Körper und ihr Gesicht zu streicheln und mit ersten zarten Küssen zu liebkosen. „Nun zieh dich schon aus und komm mit ins Bett." Da war auch die letzte Zurückhaltung verflogen.

Obwohl Peter überhaupt keine Erfahrungen hatte, erwies er sich als außerordentlich zärtlicher Liebhaber. Gudrun sollte glücklich sein. Und auch sie hatte nichts weiter im Sinn, als ihn zu beglücken. Von beiden Hingabe pur. Als sie sich dann im Morgengrauen ganz ruhig und entspannt in den Armen lagen, fragte Peter plötzlich: „Wie und wann ist das nur geschehen, dass du dich in mich verliebt hast?" „Das weiß ich gar nicht so genau. Du wirst es kaum glauben, gemerkt habe ich das am Himmelfahrtstag, als du nicht kommen konntest. Da habe ich dich richtig sehnsüchtig vermisst. Und am vergangenen Sonntag bei der Fahrt auf den Feldberg warst du mir plötzlich auf der Maschine nicht nah genug. Deshalb habe ich dich gebeten, den Sattel vorzurücken. Dann auf einmal fühlte ich mich bei dir geborgen, gewissermaßen Eins mit dir. Du hast das wohl ganz gut begriffen, der Bügel ist ja jetzt weg." „Nein, so sensibel bin ich nun auch wieder nicht. Dass ich den Griff abgeschraubt habe, war reiner Egoismus. Das war so schön, dich so nah hinter mir zu spüren, da musste der Störenfried weg."

„Und seit wann hast du mich so ins Herz geschlossen? Das fiel schon auf, wie gern du immer nach Bad Schwalbach gekommen bist." „Ach, Schatz, in dich verknallt war ich schon von dem Tag an, als ich wieder sitzen geblieben war und in deine Klasse zurückversetzt wurde. Du warst der Grund, warum ich plötzlich alle Faulheit hinter mir gelassen habe und ein guter Schüler wurde. Es ist mir fast peinlich, aber ich wollte nur dir imponieren. Mir nämlich imponierte deine selbstsichrere Unnahbarkeit, die für mich eigentlich ein Riesenproblem war. Weißt du überhaupt, dass ich für dich den Spitznamen Dornröschen erfunden habe?" „Ich war noch keine Sechzehn, als du in unsere Klasse gekommen bist!" „Das war das Verblüffende, dass du schon eine so reife Einstellung hattest."

„Wie hast du dich dann gefühlt, als du mitbekommen hast, dass ich mich auf den Klaus eingelassen hatte?" „Ich habe zuerst richtige Gewaltfantasien entwickelt. Ich hätte den Kerl umbringen können. Und auf dich war ich auch böse. Als du aber mit deinem Vater aus der Schule kamst und sagtest, du wärst ein Jahr beurlaubt, habe ich den Kummer und den Zorn in deinem Gesicht gesehen. Da war es wieder und erst recht um mich geschehen. Und jetzt die Sonntage mit dir haben in mir das Begehren immer stärker wachsen lassen, zu dessen Erledigung du dich mir heute Nacht geschenkt hast."

„Und du hast mir gezeigt, wie egoistisch sowohl ich als auch erst recht Klaus in unseren wilden Begegnungen gewesen sind. Unser Ziel war vordringlich die Befriedigung der eigenen Lust. Das weiß ich jetzt. Mit dir ist das nun völlig anders. Bei dir bin ich geborgen und irgendwie angekommen. Das ist so schön!" Es dauerte dann doch noch eine gute halbe Stunde, bis sie sich voneinander lösen und aufstehen konnten. Die Sonne stand schon ziemlich hoch, als sie sich ein ordentliches Frühstück bereitet und dies am gemütlichen Holztisch unter dem Vordach eingenommen hatten. Anschließend gab es wieder einen Waldspaziergang, nun Hand in Hand, den sie aber recht schnell beendeten, weil sich der Himmel von Westen her erneut zuzog. Als es dann anfing zu regnen, kuschelten sie sich auf das kleine Sofa und schwiegen wieder ein wenig miteinander.

Pläne

Plötzlich fragte Peter: „Nun wissen wir zwar, wohin wir gehören, wie aber soll das nun weitergehen? Ein paar Gedanken habe ich mir schon gemacht. Wenn es dir recht ist, will ich sie dir mal ausbreiten." „Ich knobel da auch schon herum, aber so ganz klar, wie das alles werden könnte, ist mir das nicht. Also, erzähl mal, was du dir ausgedacht hast." „Erst einmal die Frage: willst du für immer mit mir zusammen bleiben? Nach gut zehn Tagen und einer Nacht Liebe ist das zwar eine schwierige Entscheidung, aber du und das Kind, ihr braucht Entscheidungen." Gudrun küsste ihn so innig und lang, dass er schon seine Antwort hatte, als sie feierlich sagte: „Da antworte ich aus tiefstem Herzen: Bis dass der Tod uns scheidet, genauso wie in der Kirche bei einer Trauung." „Das führt mich direkt zur nächsten Frage: Würdest du mich also heiraten?" Sie lachte, „habe ich doch gerade gesagt." „Und auch schon ganz bald, wenn sich das als sinnvoll für uns und unser Kind erweist?" Dabei legte er ihr behutsam seine Hand auf ihren Bauch. „Meinetwegen morgen, du wirst mich sowieso nicht mehr los. Und wenn du schon sagst: ‚unser' Kind! Aber was genau hast du nun vor?"

„Wenn wir vor der Geburt heiraten, können wir uns durchaus in der Lahnsteiner Öffentlichkeit blicken lassen. Natürlich werden die üblichen Maulhelden über uns und unsere Familien reden. Dann bin ich jedoch der

Schwerenöter, der dich verführt hat. Männer, die Mädchen ‚erfolgreich flach gelegt' haben, werden ja wohl eher insgeheim bewundert, hingegen Frauen mit unehelichen Kindern als ‚Flittchen' verachtet. Das ist ebenso ungerecht wie in unserem Fall praktisch. Ich muss jetzt zielsicher ein ordentliches Abitur schaffen. Anschließend will ich sowieso für den Grund- und Hauptschuldienst Pädagogik studieren, das könnte ich in Koblenz in sechs Semestern erledigen, dann wäre ich in der Lage, zu verdienen und uns drei zu ernähren.

Meine Eltern haben im Winter in der Frühmesserstraße ein Haus mit zwei Wohnungen gekauft, in das sie in fünf oder sechs Jahren selbst einziehen wollen, wenn Vater seine Praxis und unsere Wohnung an meinen ältesten Bruder Sebastian übergibt, der jetzt gerade sein Staatsexamen geschafft hat, in der Mainzer Uni-Zahnklinik arbeitet und nun noch seinen Doktortitel erwerben will. Seine Frau Lene arbeitet dort übrigens trotz zweier Kinder als zahnmedizinisch-technische Assistentin. In diesem Haus ist die eine Wohnung, die im ersten Stock und unter Dach mehr Räume hat, schon wieder vermietet. Die kleinere im Erdgeschoss wird gerade noch renoviert. Mit Mutter, der ich meine Liebe zu dir schon gebeichtet habe, ist besprochen, dass wir dort hinein ziehen könnten. Sie wird das sicherlich Vater jetzt in Trier alles erklären.

Zu deinen Eltern ist das nur ein Katzensprung. Dann könnte deine Mutter ihr Angebot einlösen, zur Schulzeit unser Wichtlein zu übernehmen, und du würdest in Ruhe dein Abitur machen. Wenn du dann auch studieren willst oder eine Ausbildung machen, lässt sich das so am besten organisieren." „Und wie wollen wir das alles finanzieren?" So sehr Gudrun von diesen Plänen angetan war, so hatte sie doch größte Zweifel ums Geld. „Vater ist einer der zwanzig reichsten Männer von Ober- und Niederlahnstein zusammen. Seine Praxis ist eine Goldgrube. Das ist eine Gefahr aber auch eine Chance. Wenn du mit einem goldenen Löffel im Mund geboren wirst, ist die Versuchung groß, das als Anlass zu sehen, ein Recht auf ein genussvolles und leichtes Leben zu haben. Das habe ich einige Jahre auch so gedacht. Du bist vor zwei Jahren der Anlass gewesen, mich auf meine Pflicht zur Verantwortung für ein sinnvolles Leben zu besinnen, wozu ich die wirtschaftliche Freiheit habe.

Für meine Geschwister Sebastian, Erika und Marianne gab es während des Studiums der beiden Großen und Mariannes Ausbildung ordentliche Monatsversorgungen. Sebastian und Lene konnten sich davon in Mainz eine Wohnung leisten, zweimal Eltern werden und gut leben. Lene hat in ihrer Ausbildungszeit nichts verdient, erst seit diesem Jahr bekommen die technischen Assistenten ein Ausbildungsgeld. Außerdem lassen deine Eltern uns sicher auch nicht hängen. Und Klaus werden wir schön seinen Unterhalt für das Kind zahlen lassen. Auch wenn ich dann der Vater sein werde, er hat es nun mal gezeugt und muss sich seine Dummheit mit - verzeih - der Deinen eben teilen."

„Du hast ja recht. Im Übrigen, das klingt alles gar nicht so übel. Also müssen wir jetzt mit dieser neuen Lebensplanung zu unseren Familien. Morgen aber noch nicht, da will ich dich noch ein bisschen für mich alleine haben. Wenn deine Schwester wüsste, welches Geschenk ihre Erkältung für uns beide geworden ist." „Das weiß Marianne ganz genau. Die ist nämlich kerngesund, hat den Pfingstplan mit mir zusammen ausgeheckt, unsere Eltern damit beruhigt und lässt dich herzlich grüßen." „Du alter Schuft! Und ich war überzeugt davon, dass ich die Gelegenheit nutzen und dich ordentlich verführen müsse." „Das war auch gut so, ich wusste nicht so recht, wie ich an dich ran kommen könne. Aber mit dir auf dem Schoß, du in deinem Schlafanzug mit dem attraktiven Inhalt, war das plötzlich ganz leicht." Beide lachten und hatten nun erst einmal gut zu tun, sich ordentlich zu küssen.

Dieser Tag, die Nacht und der nächste Tag waren für die Beiden der Einstieg in eine neue Zeitrechnung. Gudrun entwickelte unwillkürlich die seltsame Vorstellung, das in ihr heranreifende Leben sei Peters Kind. Dieses Wir-werden-Eltern-Gefühl machte sie glücklich. Peter beschäftigte sich immer einmal wieder mit der Frage, wie sie beide wohl taktisch in nächster Zeit vorgehen sollten.

Und hatte auch wieder gute Vorschläge. Am Nachmittag des zweiten Pfingsttages hatten sie dann die Hütte perfekt aufgeräumt, die Bettwäsche abgezogen sowie in Peters Rucksack auf dem Tank verstaut und sogar zuletzt noch die Böden der von ihnen genutzten Räume ordentlich ausgekehrt. Nun schien sogar die Sonne wieder, und sie machten sich auf den Rückweg zu Gudruns Wohnung. Als die Maschine in den Hinterhof tuckerte, öffnete sich die Hintertür des Haupthauses. Therese rief, „Kommt doch gleich mal zu uns herüber", und war schon wieder verschwunden.

Ohne Scheu betraten sie kurz darauf Hand in Hand die Thammsche Wohnung. Horst schmunzelte: „Also haben wir doch richtig gelegen, als wir dachten, jetzt passiert´s. Was haben denn Peters Schwester und ihr Mann gesagt?" „Gar nichts. Die waren gar nicht da. Das war von meinem Schatz und seiner Schwester so geplant." Therese und Horst mussten herzlich lachen über diesen Plan. „Und wie geht es jetzt weiter? Zieht Peter hier ein oder verlässt du uns?" Die beiden jungen Leute legten nun ihre Planung offen und teilten mit, da gäbe es noch keine genauen Zeiten, aber heiraten wollten sie noch im laufenden Jahr, am besten orientiert am Fortgang der Renovierung der kleinen Oberlahnsteiner Wohnung. „Euch gegenüber habe ich aber ein schlechtes Gewissen, weil ich doch ein Jahr lang im Verkauf bei euch arbeiten wollte. Das wird jetzt viel kürzer werden."

„Da mache dir mal keinen Kopf. Die Tochter Elfriede unserer Putzfrau Erna Leun hat uns gestern gefragt, ob sie bei uns eine Ausbildung zur Fachverkäuferin machen könne. Ab sofort sei sie frei, sie habe die Oberstufe im Aufbaugymnasium gleich wieder verlassen, nachdem ihr der Einstieg dort gründlich misslungen sei. Ein Lehrling mit mittlerer Reife ist schon ein Geschenk. Sie ist ab morgen da, du wirst sie einarbeiten, solange du noch hier bist. Und die Wohnung im Hinterhaus können wir ab Anfang Oktober auch ganz gut brauchen. Julia, unsere älteste Tochter, kommt aus der Schweiz zurück, wo sie in St. Gallen in einem Hotel gelernt und gearbeitet hat. Sie hat eine Führungsrolle in einem Wiesbadener Hotel angeboten bekommen und gefragt, ob sie erst einmal hier wohnen kann. Ein Auto hat sie ja. Ihr seht, alles passt ganz gut zusammen."

Lösungen

Der Dienstag nach Pfingsten war noch schulfrei, also hatte Peter seinen Großeltern versprochen, vor seiner Heimfahrt noch einmal richtig mit anzupacken. Die kleine Wiese hinter dem Haus musste gemäht werden, das fiel seinem Großvater recht schwer, und er hatte von diesem schon vor Jahren die perfekte Handhabung der Sense erlernt. Außerdem musste ein Raummeter Brennholz gespalten, zersägt und gehackt werden, das würde er gar nicht alles an diesem Tag schaffen können. Thamms luden nun erst einmal das junge Paar zum Abendessen ein. Die praktische Therese machte in dessen Verlauf den Vorschlag, Peter könne ja noch diese Nacht über bei Gudrun bleiben. „Das Bett war groß genug, darin Gudruns Nachwuchs zu fabrizieren, da wird es euch beiden auch ausreichen." Dankbar stimmten die jungen Leute zu.

Nun bat Gudrun, einige Ferngespräche führen zu dürfen. Zuerst rief sie mit Peter zusammen dessen Großeltern an und teilte seiner Großmutter, die abgehoben hatte, fröhlich mit, ihr Enkel bleibe bis morgen früh noch bei ihr. „Willkommen in der Familie, Kind." Die alte Dame hatte das ja kommen sehen und freute sich, ihrem Mann davon Kenntnis zu geben. „Gib mir noch kurz den Bengel." Als Peter dann den Hörer hatte, sagte sie nur: „Gratuliere dir. Eine Bessere hättest du gar nicht finden können. Nun gibt's also noch ein weiteres Urenkelchen."

Der zweite Anruf ging zu ihren Eltern nach Hause. Ohne Umschweife beschrieb sie ihrem Vater die neue Situation, erklärte ihm, sie und Peter hätten schon eine ganz gut durchdachte Vorstellung von der Zukunft und kündigte an, am folgenden Samstag so gegen Drei mit Peter zu kommen, um alles genau zu besprechen. Sie hätten sich überlegt, danach am Abend mit Peters Eltern eine entsprechende Konferenz zu halten. Sie könne dann über Nacht bei Peter in seiner gemütlichen Dachstube schlafen. Am Sonntag wäre ordentlich Zeit, soweit es möglich sei, Notwendiges schon vorzubereiten, und nachmittags könne Peter sie dann wieder nach Bad Schwalbach bringen. Vater Wellmann stellte nur eine einzige Frage: „Bist du dir nach so kurzer Zeit wirklich ganz sicher, dass du mit Peter zusammen bleiben willst?" „Ja, Papa. Bis dass der Tod uns scheidet."

Peter wollte seine Eltern dann am nächsten Tag informieren, da brauchte es das Telefon nicht. Als er schließlich am späten Dienstag in Lahnstein ankam, müde von der schweren Arbeit bei seinen Großeltern, war sein Vater gerade aus der Praxis in die Wohnung gekommen. „Habt ihr beide euch nun ausgesprochen? Weißt du jetzt, woran du mit der kleinen Wellmann bist?" „‚Ausgesprochen' trifft es nicht ganz. Da war und ist viel mehr. Wir haben uns gefunden und sind entschlossen, ganz bald zu heiraten. Für die Lahnsteiner Schandmäuler hat dann der böse Peter Kern Wellmanns Jüngste erfolgreich verführt. Das ist erheblich leichter zu überstehen als der hämische Vorwurf, Gudrun sei ein Flittchen. Wenn abzusehen ist, wann die Wohnung in der Frühmesserstraße bezogen werden kann - wir können die doch haben, oder? -, wollen wir spätestens heiraten und dann das Leben auf die Hörner nehmen. Ihr wisst aber schon, ohne eure finanzielle Hilfe klappt das nicht. Ihr habt jedoch meine älteren Geschwister in guten und bösen Zeiten nie hängen lassen. Gudrun rechnet auch mit der Unterstützung ihrer Familie. Wer solche Eltern hat, wie wir beide, soll Gott auf Knien danken."

„Danke für den Lorbeerkranz! Aber natürlich schaffen wir das alle zusammen. Und je eher ihr heiratet, desto weniger Bauch hat unsere neue Schwiegertochter in Standesamt und Kirche. Das Geschwätz kommt dann erst auf, wenn ihr schon ein geordnetes Eheleben inmitten der Lahnsteiner Bevölkerung führt. Das wird nicht lange anhalten. So, jetzt aber Butter bei die Fische: Wir rechnen noch mit höchstens vier Wochen Bauzeit, weil die Maler fast fertig sind. Wenn der Walter Wellmann mit den Türen so fix ist, wie er es mit den Nachbauten der historischen Fenster war, könnt ihr Ende Juli einziehen." Während Peters Vater die nüchternen Fakten darlegte, bewegten seine Frau Gerhild ganz andere Gedanken und Gefühle. „Mit Ingrid Wellmann muss ich dann absprechen, wer wann das Enkelchen versorgen darf." Hans-Joachim Kern dachte vergnügt, selbst in diesem Alter - seine Frau wurde in wenigen Wochen sechsundfünfzig Jahre alt - geht der Gluckentrieb nicht verloren.

Am kommenden Morgen kurz nach acht Uhr klingelte im Büro der Schreinerei Wellmann das Telefon. „Guten Morgen, hier ist Ingrid Wellmann, was kann ich für sie tun?" „Guten Morgen, hier ist Gerhild Kern. Ich glaube, das bisherige feierliche ‚Sie' können wir doch gleich abschaffen, wo sich unsere Kinder zusammengefunden haben. Ingrid, mein Mann und ich würden sehr gerne mit euch schon Einiges vorbesprechen, ehe die Grundsatzgespräche mit dem jungen Glück stattfinden. Lässt sich das machen, dass ihr heute Abend zum Abendessen zu uns herüber kommt?" „Wir haben sonst nichts vor, also danke für die Einladung. Walter ist meistens mit der Nacharbeit in der Werkstatt so gegen halb sechs fertig. Dann zieht er sich um, also könnten wir gegen sechs bei euch sein. Ach ja, eine Sache kann ich dir gleich sagen. Ab Montag werden die Türen gesetzt. Zwei Arbeitstage, dann können die Maler die auch noch fertig machen. Also dann bis heute Abend, ich freue mich." „Prima, dann also bis um sechs heute Abend." „Und wo ist dann Peter?" „Der muss mit unserem Auto einige Dinge zu seiner Schwester Marianne bringen und kommt erst spät zurück. Das habe ich schon organisiert."

Da sich beide Elternpaare durchaus kannten, war die neue Annäherung kein großes Problem. Hans-Joachim Kern, der darum bat, nur mit Hans angesprochen zu werden, hatte einige Punkte niedergeschrieben, die er und seine Frau Gerhild für so wichtig hielten, dass eine gemeinsame Haltung nichts schaden könne. Wohnung, Umzugshilfe, Möblierung und vor allem dauerhafte Kostenteilung wurden einvernehmlich geregelt. Zum Termin der Hochzeit überlegten sie anschließend einen gemeinsamen Vorschlag. Wenn Gudrun einen oder zwei Tage in Lahnstein bleiben könne, um das Aufgebot zu bestellen und den zuständigen Pfarrer aufzusuchen, dann wäre der Termin 26./27. Juli problemlos zu schaffen, genau am Anfang von Peters Sommerferien. „Ach ja", Walter Wallmann hatte da noch eine durchaus wichtige Frage, „wir gehören zur Lahnsteiner konfessionellen Minderheit evangelischer Bürger. Wie ist das eigentlich mit euch? Wenn Peter katholisch ist, müsste dann auch in Ruhe besprochen werden, in welcher Kirche die Trauung stattfinden soll."

„Walter, Walter! Als nicht sehr eifrige, doch immer wieder kommende Gottesdienstbesucher wissen wir doch, dass du Kirchenvorsteher unserer evangelischen Gemeinde bist. Wir kommen doch beide aus dem evangelischen Taunus. Und wir haben dich auch brav gewählt." Gelächter quittierte diese Information, die zudem eine weitere Vereinfachung in die neue Familienbeziehung brachte. Eine weitere Frage betraf Gudruns Alter. „Wann wird sie denn achtzehn?" wollte Gerhild wissen. „Das ist ja für uns gerade der Anlass gewesen, ihr über Montag und Dienstag bei Therese und

Ernst frei zu bitten, am Montag ist eh Feiertag und Gudrun hat zudem Geburtstag." Die letzte Verabredung betraf schließlich das kommende Wochenende. Die jungen Leute sollten damit überrascht werden, dass beide Elternpaare gemeinsam auf sie warteten, diesmal aber im Hause Wellmann.

Entsprechend verblüfft waren Gudrun und Peter dann am Samstag, als sie verabredungsgemäß fast pünktlich in Gudruns Elternhaus eintrafen. Da saßen doch tatsächlich die Eltern von ihnen beiden vergnügt gemeinsam um den Kaffeetisch und begrüßten ihre Kinder, als sei diese Tischrunde das Selbstverständlichste der Welt. Sehr schnell zeigte sich, dass die Vorabsprachen vom Mittwoch die ganze Sache erheblich erleichterten. Recht geschickt vermieden aber die Planer, den Beiden den Hochzeitstermin vorzuschlagen, sondern fragten nach, ob sich das junge Paar schon einen solchen ausgedacht habe. „Klar doch", erklärte Peter, „wenn das irgendwie einzurichten ist, wäre das erste Ferienwochenende perfekt." Die ganze Runde nickte zustimmend. Peters Vater wies nun darauf hin, dass ja im Standesamt und wohl auch beim Gemeindepfarrer Termine und Fristen zu beachten seien. Gudrun gestand ein, darüber habe sie erst bei der Fahrt nach Lahnstein nachgedacht.

Ihr Vater schmunzelte. „Darüber haben wir auch nachgedacht, und ich habe mit Therese und Horst verabredet, dass du erst am Dienstagabend wieder nach

Bad Schwalbach kommst. Klar, hat mein Schwesterherz gesagt, mein Patenkind soll am Montag seinen Geburtstag ruhig zu Hause feiern." „Sag bloß, du hast am 17. Juni Geburtstag? Das habe ich ja gar nicht gewusst. Dann bist du also immerhin zu unserer Hochzeit heiratsmündig. Ich dachte schon, deine Eltern müssten noch unterschreiben." Das gab ein herzliches Gelächter um den Tisch und nun ein entspanntes Geplauder.

Neubeginn

Ihren Pfarrer Lehmann, der sowohl Peter als auch Gudrun konfirmiert hatte, konnten sie trotz des Tages der Deutschen Einheit schon am Montag früh aufsuchen. Das hatte Vater Walter organisiert. Lehmann betrachtete das heiratswillige Paar einige Augenblicke versonnen, dann fragte er: „Ohne besonderen Anlass würdet ihr wohl nicht jetzt schon heiraten, oder?" Ohne zu zögern berichtete ihm Gudrun vertrauensvoll von ihrem Fehltritt, ihrer zeitweiligen Not und ihrem Neubeginn mit Peter. „Schau an, da hat sich aber bei dir, Peter, in Sachen Persönlichkeitsreife eine Menge getan. Ich hatte immer ein bisschen Sorge, dir könne dein großer finanzieller Vorsprung vor den Gleichaltrigen zur Gefahr werden. Diese Gefahr scheint ja nun wohl gebannt." „Endgültig, Herr Pfarrer. Unser gemeinsamer Weg ist beschlossene Sache. Für immer." Und Gudrun ergänzte ihren Lieblingssatz: „Bis dass der Tod uns scheidet."

Für den Nachmittag des 18. Juni hatte Gudrun direkt am Telefon einen Termin im Standesamt bekommen. Bereits gegen sechzehn Uhr war im Rathaus alles geregelt. Peter und sie hatten tatsächlich alle notwendigen Urkunden mitgebracht, also wurde der Termin fest vereinbart und das Aufgebot bestellt. Noch bevor der Standesbeamte das Rathaus verließ, hatte er das Formular für den Aushang ausgefüllt und zu den bisherigen drei Aufgeboten im Schaukasten der Öffentlichkeit ordnungsgemäß zugänglich gemacht. Und Ringe hatten sie sich auch noch bestellt. So konnte Gudrun wieder entspannt nach Bad Schwalbach fahren.

Die Wochen bis zur Hochzeit waren natürlich randvoll mit wichtigen Ereignissen und Beschäftigungen. Zwei Tage nach Gudruns Geburtstag kam der erste Wellmann-Enkel zur Welt, Maria und Günter bekamen einen Sohn. Während Gudrun weiterhin ihre Aufgaben im Geschäft Thamm erfüllte und nur am Wochenende das Eine oder Andere in Lahnstein erledigen konnte, musste Peter noch drei Klassenarbeiten ordentlich bewältigen und in jeder freien Minute die Einrichtung der fertiggestellten Wohnung, natürlich mit Hilfe der beiden Mütter und seiner zukünftigen Schwäger Günter und Manfred, so weit als möglich vorantreiben. Und das alles gelang besser als erwartet. Gerhild und Ingrid hatten sich nach der Familienkonferenz gleich gemeinsam um die Gästezusammenstellung, das geeignete Feierlokal und entsprechende Einladungen gekümmert. Beide waren verblüfft und beglückt, wie gut sie sich verstanden und zusammen arbeiten konnten. Die Bauerntochter aus dem Taunus und die Gastwirtstochter aus Mainz ergänzten einander sehr gut.

Die Hochzeitsfeier selbst wurde in recht überschaubarer Gesellschaft gefeiert. Da waren zum Einen die wenigen noch vorhandenen Großeltern, die Kerns aus Heimbach und Greta Guntrum aus Mainz. Dann natürlich alle

Geschwister der jungen Eheleute, drei davon mit Familie, und schließlich noch Gudruns Patinnen Therese Thamm mit ihrem Mann Horst und Johanna Hollricher, die verwitwete jüngste Schwester ihrer Mutter, sowie Peters Paten Herta Lotz - ihr gefallener Mann Ferdinand war der eigentliche Pate gewesen - und der Lehrer Konrad Kern, der Bruder des Zahnarztes, mit seiner Frau Mathilde.

Nach der Feier im „Wirtshaus an der Lahn" wanderte dann kurz nach Mitternacht das frisch verheiratete Paar über die Lahnbrücke und bezog seine fertiggestellte Wohnung. Da sich Gudrun für ein schlichtes Kleid entschieden hatte, das ihr ganz allmählich wachsendes Bäuchlein perfekt versteckte, war dieser Spaziergang durch die warme Julinacht ohne Schwierigkeiten möglich. Nun galt es, die Ferien Peters zu nutzen, das Zusammenleben zu üben und die Feuertaufe in der Lahnsteiner Gerüchteküche durchzustehen. Ein eigentlich fast peinlicher Zufall sollte ihnen dabei helfen.

Am Montag nach der Hochzeit war eine der ersten Patientinnen in der Zahnarztpraxis die jüngere der beiden Trainerinnen der blau-weißen Funken. Da nun das Wartezimmer nicht beängstigend voll war, nahm sie sich die Freiheit, ihrem Zahnarzt fröhlich mitzuteilen, dass sie nach der Feierei am Faschingsdienstag eigentlich gedacht habe, ein blonder Soldat habe die Gudrun Wellmann ‚klar gemacht'. Sie sei aber dann doch sehr beeindruckt gewesen, wie intensiv sein kräftig alkoholisierter Sohn

Peter die Beiden beobachtet und ihr dann weitschweifig mitgeteilt habe, der Kerl werde bei ‚seinem Dornröschen‘ nicht landen können, das werde er verhindern, mit List und Tücke, notfalls gar mit Gewalt. Das sei ihm ja wohl noch am gleichen Abend gelungen, denn ab etwa achtzehn Uhr seien Gudrun, der Soldat und Peter verschwunden gewesen. Und nun bekomme Gudrun von Peter ein Kind und sei mit ihm verheiratet. „Ein Glück, dass er nicht zu besoffen war, um das hinzubekommen!" Hans Kern nickte. „Sie haben recht, das ist wirklich gut so."

Die Trainerin, die gerne und bei vielen Gelegenheiten ihr „Wissen" weitergab, erwies sich als die beste Verteilerin dieser ihrer eigenen Version der Beziehungsgeschichte zwischen Gudrun und Peter. Als Hans Kern einige Tage später das junge Paar von diesem Gespräch und den ersten hilfreichen Folgen in Kenntnis setzte, meinte Peter kopfschüttelnd: „Einmal im Leben aus Zorn und Kummer sturzbetrunken, und dann hat das sogar äußerst positive Folgen für unseren Ruf." Wie er vermutet hatte, war er infolge dieser Gerüchte im Handumdrehen der Held, der den fremden Soldaten ausgestochen und das Dornröschen geknackt hatte.

Gegen Ende der Ferien überließen die Eltern Kern dem jungen Paar noch einmal für gut zehn Tage die Jagdhütte, in der sich die Beiden endgültig gefunden hatten. „Warum sollt ihr nicht auch eine kleine Hochzeitsreise machen?" Gerhild Kern hatte ihre eigene Hochzeitsreise durchaus noch in bester Erinnerung und wollte ihrem Jüngsten und seiner ihr äußerst genehmen jungen Frau diese Freude machen. Ihre erste Schwiegertochter Lene fand das recht erheiternd, hatte sie doch zu Anfang ihrer Beziehung mit Sebastian mühselig die Zuneigung ihrer zuerst recht eifersüchtigen Schwiegermutter erkämpfen müssen. Das war aber längst ausgestanden.

Erste Probleme in Bremen

Nachdem nun Klaus vorzeitig vom Grundwehrdienst entlassen worden war, entwickelte sich das Leben der kleinen Familie in Bremen nicht ganz so wunderbar, wie sich Christiane das erträumt hatte. Klaus hatte durch seine Arbeit seinen festen Lebensrhythmus. Sie selbst hatte, da sich Tanja als zufriedener und pflegeleichter Säugling herausstellte, zwischen den Still- und Pflegezeiten eine Menge Leerlauf, den sie damit zu überwinden versuchte, dass sie ihren kleinen Haushalt extrem perfekt in Ordnung hielt und einen regelrechten Putzfimmel entwickelte. Da sie wusste, dass Klaus eine gewisse Ordnung außerordentlich liebte, gedachte sie ihm damit eine Freude zu machen. Eigentlich aber entsprach dieser Ordnungswahn durchaus nicht ihrem eigentlichen Wesen. Lieber hätte sie alles ein wenig lockerer angehen lassen, gestand sich diese „Schwäche" aber sicherheitshalber gar nicht erst ein.

So wurde sie immer unzufriedener. Ganz unbemerkt veränderte sich dadurch auch ihr Verhalten Klaus gegenüber. Sie begann, ihre Häschenrolle abzulegen, hielt ihrem Mann schon ab und an das eine oder andere Fehlverhalten vor, was sie ja zuvor stets vermieden hatte, und entwickelte schließlich eine Art Kontrollzwang, obwohl Klaus ihr in dieser ersten Zeit wirklich keinen Anlass dafür lieferte, ihm zu misstrauen. Aus eigentlich berechtigter Sorge, zu früh wieder schwanger zu werden, errechnete Christiane sich mit großer Sorgfalt die unfruchtbaren Tage - zu jener Zeit kam die Kenntnis über solche Methoden gerade durch einschlägige Zeitschriften in die Familien - und verweigerte sich außerhalb dieser Zeiträume konsequent ihrem Mann. Er verstand ganz gut das Problem und hatte für Kondome gesorgt. Dieser Methode misstraute Christiane aber gründlich.

Die Folge der Veränderungen in Christianes Verhalten war, dass sich Klaus ganz allmählich ein Stück weit aus dem Familienleben zurückzog. Hie und da spukten ihm seltsame Gedanken durch den Kopf: Er hatte doch eigentlich gewusst, dass sein Verhältnis zu Christiane nicht aus echter Liebe entstanden war. Wie anders und schöner wäre nun sein Leben, wenn statt ihr Gudrun zu Hause nach der Arbeit auf ihn warten würde? Sie hatte er tatsächlich geliebt und sie ihn auch. So entwickelte er bereits im November eine Gewohnheit, nach der er jeweils samstags mit einigen Kollegen durch Kneipen zog und erst lange nach Mitternacht ziemlich angetrunken nach Hause kam. Nun war Christiane deshalb auch noch angeekelt und zwang ihn in solchen Nächten, auf der Couch zu schlafen.

Das Weihnachtsfest und den Jahreswechsel hatten die Beiden mit ihrem Kind dann doch in versöhnlicher Atmosphäre verbracht, sogar mit einigen regelrecht leidenschaftlichen Nächten. Mitten in diese wachsend entspannte Situation platzte am sechsten Januar ein

Einschreibebrief. Absender war eine Familie Kern aus Oberlahnstein. Klaus war nach einem Kurzurlaub wieder arbeiten, so nahm Christiane diesen Brief entgegen, unterschrieb den Empfangsschein und legte dann das Schreiben auf den Esstisch. Was hatte Klaus wohl noch mit Lahnstein zu tun?

Alltag bis zur Geburt

So sehr die ganzen Umstände um Gudruns ‚andere Umstände' außergewöhnlich und in mancher Hinsicht auch reichlich schwierig gewesen waren, so verblüffend ruhig und unbelastet entwickelten sich die Monate nach ihrer Hochzeit mit Peter. Durch die hilfreiche falsche Auslegung ihrer Beobachtungen hatte die Trainerin der Blauen Funken nahezu allen denkbaren Gerüchten die Spitze abgebrochen. Falls es überhaupt negatives Gerede über Gudrun gegeben hatte, war das ganz schnell vorüber.

Gudrun hatte ja nun reichlich Zeit, ihren Haushalt einzurichten, zu führen und für ihr Kind vorzubereiten. Betrat sie zum Einkaufen ein Geschäft, kamen sofort die üblichen teilnahmsvollen Fragen nach ihrem Wohlergehen und dem des Kindes. Dass sich ihr Bauch nun schon recht ordentlich wölbte, erfüllte die werdende Mutter inzwischen mit großem Stolz, zumal Peter diese Veränderung ihres Körpers durchaus leiden mochte. Manchmal erschien es ihr, dass sein Stolz den ihren noch übertraf. Ihre üppige Zeit gab ihr schließlich noch die Freiheit, in sehr kurzer Lehrzeit ihren PKW-Führerschein zu erwerben. Ihre Eltern hatten die Idee dazu und bezahlten Fahrschule und Gebühren.

Die Untersuchungen ihres Frauenarztes führten zu ihrer großen Freude und Dankbarkeit stets zu einer sehr positiven Bewertung des Gesundheitszustandes sowohl von ihr als auch vom ungeborenen Kind. Ab Oktober hatte sie dann regelmäßig Besuch von der Hebamme, die ihr bei der Geburt zur Seite stehen sollte. Peter war immer gerne bei diesen Beratungsgesprächen und Untersuchungen dabei. Er wollte ja auch die Geburt miterleben. Der Frauenarzt hatte ihn zuerst nicht bei den Untersuchungen dabei haben wollen, ließ sich aber schließlich auf einen Versuch ein, den er so positiv erlebte, dass Peter von da an immer zugegen sein durfte.

Das Ziel, seine kleine Familie so früh als möglich selbst versorgen zu können, machte ihn zu einem regelrecht ehrgeizigen Schüler. Bereits sein Herbstzeugnis war eines der besten der ganzen Klasse. So konnte er sich gelassen im Pädagogischen Institut in Koblenz zum Studium einschreiben, dort war man erheblich schlechtere Zeugnisse durchaus gewohnt. Die intensive Frage seiner Großeltern, ob der Lehrerberuf wirklich von ihm gewollt sei oder nur ein Opfer an die Familiensituation, beantwortete er ohne Zögern mit einem deutlichen „Lehrer wollte ich schon als Jugendlicher werden."

Am 5. Dezember setzten am frühen Nachmittag die ersten Wehen ein. Als Peter von der Schule nach Hause kam, hatte Gudrun bereits ihre Mutter herbei gerufen. Als dann die Wehen häufiger kamen, war auch die Hebamme zur Stelle. Wie so oft eine erste Geburt dauerte auch diese recht lange. Es war gerade noch an diesem Tag, genau sieben Minuten vor Mitternacht, als der kleine Junge geboren war. Peter war tief beeindruckt von der Urkraft seiner Frau, die diesen doch sehr langen und schmerzhaften Geburtsprozess offensichtlich mit verblüffender Gelassenheit durchgestanden und nun erschöpft aber fröhlich das kleine Männlein auf dem Bauch liegen hatte. Schon seit einigen Wochen waren sie sich einig geworden, ein Junge solle Martin genannt werden. Sie fanden, für einen echten Oberlahnsteiner, der nahe der Martinsburg das Licht der Welt erblickt habe, sei dies der richtige Name.

Peter durfte sich für den folgenden Tag frei nehmen. Das war mit der Schulleitung abgesprochen. Als er mit den beiden erfahrenen Frauen aufgeräumt hatte, und Mutter und Kind eingeschlafen waren, kroch auch er hundemüde ins Bett. Um fünf Uhr in der Frühe meldete sich Klein-Martin. Peter war sofort wach und holte ihn aus der Familienwiege der Wellmanns, die einst Walter als Gesellenstück gefertigt hatte. Nun wurde das Kerlchen zum ersten Mal gestillt und zeigte sofort einen ordentlichen Appetit. So ging das dann etwa alle drei Stunden rund um die Uhr. Noch am gleichen Vormittag ließ Peter die Geburt des neuen Erdenbürgers unter Vorlage der Vaterschaftsanerkennung durch Klaus standesamtlich beurkunden.

Kurz nach Mittag, als die Zahnarztpraxis für das Wochenende geschlossen war, kamen dann die Eltern

Peters zur Besichtigung des neuen Enkels. Die Großeltern Wellmann kamen erst nach Walters Feierabend. Walter hielt eine ganze Weile sein nun drittes Enkelkind im Arm. Als er den Kleinen dann Gudrun zurückgegeben hatte, griff er in seine Tasche und beförderte einen großen Briefumschlag zu Tage. „Für euch drei machen wir nun schon am Nikolaustag die Weihnachtsbescherung. Wir haben gedacht, mit dem Kleinen sei wohl das Motorradfahren nur noch Sache des Herrn Papa." Sprach's lächelnd und überreichte seiner Tochter den Umschlag.

Dieser enthielt den KFZ-Brief eines DKW F 94, der 1953 gebaut worden war, und den er und Ingrid wenige Tage zuvor in Koblenz-Pfaffendorf von den Erben des verstorbenen Vorbesitzers hatten kaufen können. Dieser war jahrelang Kunde der Tischlerei Wellmann gewesen. Das war ja nun ein Viertürer, eine Seltenheit in dieser Mittelklasse. Und außerordentlich praktisch, damit den Kleinen in einem geeigneten Korb zu transportieren. Einen großen geflochtenen Wäschekorb hatte Ingrid bereits versuchsweise auf den Rücksitz deponiert und festgestellt, dass dieser bei vorgerückter Rücksitzbank, einer praktischen Ausstattung dieses Modells, ganz sicher stehen konnte. Gudrun und Peter waren sprachlos vor Freude.

Gudruns Bruder Manfred hatte sich sorgfältig auf den Tag der Geburt vorbereitet und Peter gebeten, ihm sofort eine Ausfertigung der Geburtsurkunde zu geben. Das Schreiben an die von Klaus-Georg Hoppenstedt im Frühjahr angegebene Adresse in Bremen hatte folgenden Wortlaut:

„Sehr geehrter Herr Hoppenstedt, beigefügte Geburtsurkunde weist aus, dass das von Ihnen gezeugte Kind „Martin Kern" am 5.12.1957 geboren wurde. Ihrer Bestätigung entsprechend sind Sie als ‚Vater' benannt. Seinen Nachnamen Kern hat der Ehemann der Mutter dem Kind mit deren Zustimmung erteilt. Für dieses rechtlich als ‚scheinehelich' geltende Kind sind aber Sie nach § 1601 BGB zum Unterhalt verpflichtet. Wir erklären uns damit einverstanden, dass Sie die Höhe Ihrer monatlichen Verpflichtung unter Offenlegung Ihrer wirtschaftlichen Verhältnisse durch das dortige Jugendamt feststellen und uns diese Feststellung amtlich bestätigen lassen. Ihre Monatszahlungen erwarten wir auf folgendes Konto … . Mit freundlichen Grüßen …".
Unterzeichnet haben dieses dann Gudrun und Peter gemeinsam und am 2. Januar 1958 per Einschreiben nach Bremen geschickt.

Ende des Verschweigens

Als Klaus von der Arbeit nach Hause kam, begrüßte er seine Frau und die Kleine je mit einem Kuss, was Christiane froh als eine Art Wiederkehr früherer Verhältnisse erkannte. Als er seinen Mantel abgelegt hatte, sah er das Einschreiben und wusste sofort, welche Bedeutung das hatte. Darauf hatte er schon seit etwa Nikolaus täglich gewartet. Und zum ersten Mal hatte er sich auch entschlossen, Christiane vollumfänglich zu gestehen, was er in Lahnstein angerichtet hatte.

So zog er sie neben sich auf das Sofa und berichtete ihr, ohne den Brief vorerst zu öffnen, welche Ursache dieses Schreiben sicherlich habe. „Ich will dir nicht mehr verschweigen, dass ich mit dir in der Neujahrsnacht vor einem Jahr nur deshalb geschlafen habe, weil ich damit zum ersten Mal in meinem Leben nicht der Steuerung meiner Mutter und meiner Schwestern gefolgt bin sondern meinem eigenen Impuls. Der war wach geworden durch dein Verlangen nach mir, das mich sehr stolz gemacht hat, war ich nun doch urplötzlich ernst genommen als Mann und nicht mehr nur Brüderlein.

Mit dieser Gudrun in Lahnstein war das völlig anders. Da war mein ganzer Organismus in Aufruhr, wir beide dort waren heftig verliebt und gesteuert von wildem Begehren. An dich habe ich gar nicht mehr gedacht. Als ich dann zurück kam, war die Verantwortung dir und unserem Kind gegenüber das Entscheidende. Die Affäre mit Gudrun wollte ich in mir ausradieren. Das hätte wohl auch geklappt, wäre nicht auch dort ein Kind entstanden. Und dann wusste ich mir nicht mehr zu helfen und gestehe, dass ich mich vor Allem gedrückt habe. Auch vor einer ernsthaften Bemühung um uns beide. Es ist ganz seltsam: als ich dir am Heiligen Abend nach dem Frühstück so ein bisschen mit Weihnachtskrippengefühl zugeschaut habe, wie du Tanja gestillt hast, habe ich plötzlich erkannt, was ich an euch habe und mich ganz spontan endlich in dich verliebt.

Hast du das irgendwie gespürt? In der Heiligen Nacht und den folgenden Nächten warst du derart unheilig sexy, dass es mich mitgerissen und unfassbar glücklich gemacht hat. Das hat es mit dir zuvor noch nie gegeben und soll weiter so bleiben. Deshalb muss ich dich von Herzen bitten, mir meine Feigheit zu verzeihen. Wir schauen jetzt gemeinsam in den Brief und auf das, was die Familie Kern will. Sichtlich hat Gudrun auch einen Partner gefunden. Mal sehen ob ich recht habe."

„Bevor wir das tun, will ich dir etwas sagen: ich habe von dem Tag an, als deine Familie dich genötigt hat, mich und unser Kind zu heiraten, gewusst, dass irgendetwas nicht stimmt. Nach Tanjas Geburt wurde das Gefühl immer stärker. Ich wollte das nicht wahr haben und habe dagegen angekämpft, mit ganz falschen Mitteln. Ich wollte dir gefallen, und das ging schief. Dann wollte ich uns beide für unsere schlechte

Beziehung wohl bestrafen. Das war schrecklich. So lass uns nun unsere dumme Zeit vergessen, einander endgültig so verzeihen wie in den letzten Nächten und sehen, dass wir mit dem Problem in Lahnstein leben lernen. Also lies bitte mal vor."

Nachdem sie den Inhalt des Schreibens aus Lahnstein zur Kenntnis genommen hatten, waren sie regelrecht erleichtert. Sie hatten den Weg beschrieben bekommen, der ihnen zeigen würde, welche Verpflichtungen auf ihr Familienbudget zukommen würde. Klaus verdiente ja gar nicht so schlecht. Man würde sehen, wie das alles zusammen passte. „Und nun hat unsere Tanja ein Brüderchen, das fast genauso alt ist. Das ist schon ein eigenartiges Gefühl." Christiane musste doch einmal lachen. „Und das Beste an der Sache ist, dass wir beide uns nun endlich richtig gefunden haben." Der folgenden Nacht verdankten sie wohl ihr zweites Kind, die letzten Hemmungen waren beseitigt. Dass die finanzielle Belastung durch den kleinen Lahnsteiner Martin dann tatsächlich erträglich wurde, lag an der Tatsache, dass die Unterhaltszahlungen die Steuerschuld deutlich verringerten.

Jugendjahre

Gudrun und Peter waren recht glücklich über den Umstand, dass Martin mit Gudruns braunen Augen zur Welt gekommen war und im ersten Lebensjahr nach einem vorübergehenden Kahlköpfchen auch ihre brünetten welligen Haare bekam. Damit war jeder Verdacht auf einen blonden Erzeuger verhindert. Peter war schließlich dunkelblond und hatte ebenfalls braune Augen. Wie geplant konnte Gudrun mit Hilfe der Großmütter des kleinen Kerlchens unbelastet ihr Abitur erreichen.

Um in Lahnstein bleiben zu können, suchte sie sich einen Ausbildungsplatz im kaufmännischen Bereich, Zahlen hatten ihr stets Freude gemacht. Der Steuerberater ihres Vaters, der auch für ihren Schwiegervater arbeitete, war sofort bereit, sie als Lehrling einzustellen. Sie schaffte es dann sogar, im Januar 1960 noch ihre Tochter Monika zu bekommen und trotzdem nach drei Lehrjahren ihre Gehilfenprüfung mit gutem Erfolg zu erledigen. Für die Prüfer war es ein seltener Fall, eine Hochschwangere zu prüfen. Acht Wochen danach kam nämlich auch noch der kleine Jonas.

Peter hatte kurz vor Ostern 1961 sein Studium beendet und begann mit dem neuen Schuljahr als Junglehrer an der Hauptschule in Braubach. So ganz in seinem Sinne war es zuerst nicht, dass sich Gudrun so zielsicher zwei weitere Schwangerschaften zumutete; ihrem Argument aber mochte er nicht widersprechen, ein Altersabstand von etwa zwei Jahren sei für Geschwister ganz ideal, das wisse sie aus eigener Erfahrung. Schließlich war das bei Kerns ja ganz ähnlich. Und die drei Kinder hatten auf diese Weise erfrischend junge Eltern. Natürlich wäre das alles ohne die tüchtigen Großmütter gar nicht möglich gewesen, so aber waren die Kinder stets wohlbehütet. Wirtschaftlich aber waren die jungen Kerns inzwischen unabhängig.

Peter hatte an der Stadtgrenze zu Braubach eine recht schöne geräumige Wohnung gefunden, die bezahlbar bliebe, auch wenn er Alleinverdiener würde. Als Martin dann zur Schule kam, kündigte Gudrun ihre Arbeit, die sie nach der Ausbildung bei ihrem Chef bekommen hatte. Jetzt wurde sie vollzeitlich als Mutter gebraucht. Und Peter war Beamter auf Lebenszeit. Gerhild Kern war nun auch zweiundsechzig und Ingrid Wellmann sechzig Jahre alt geworden, da war ihnen die Entlastung ganz recht. Aber der alte DKW wurde nun reichlich eng. Das mochte Hans Kern nicht lange mit ansehen, kaufte sich einen neuen Mercedes 220 und vererbte seinen noch ziemlich jungen 190er seinem Jüngsten. Damit war auch dieses Problem gelöst.

Gudrun und Peter hatten sich schon frühzeitig Gedanken darüber gemacht, wie sie rechtzeitig ihrem Ältesten seine biologische Herkunft würden erklären können. Dazu brauchte es zuerst einmal ein ordentliches Wissen über

Liebe, Zeugung und Geburt. Die Aufgabe, dies zu vermitteln, fiel genau in die Zeit der ersten Freizügigkeitsbemühungen der Gesellschaft. Das machte ihnen die Durchführung recht leicht. Ihnen beiden selbst war von Anfang an selbstverständlich gewesen, als gesamte Familie das große moderne Badezimmer in ihrer Mietwohnung nackt zu bevölkern, auch mit den Kindern zusammen die Badewanne zu nutzen und so problemlos das Wissen über die körperlichen Besonderheiten der Geschlechter entstehen zu lassen. Auf dieser Basis ließ sich dann der Wissensstand problemlos erweitern.

Als Martin mit der Grundschule fast fertig war, erklärten ihm seine Eltern, dass sein Vater nicht sein Erzeuger sei. Und seine Mutter beschrieb ihm auch ganz ungeschminkt, wie unvorsichtig und dumm sie damals gehandelt habe. So wurde ihm dieses theoretische Wissen von einem anderen Erzeuger zur Selbstverständlichkeit, wie ihm auch selbstverständlich war, dass sein geliebter Papa nun einmal sein Vater geworden war. Erst nach der Konfirmation, als ihn die Pubertät kräftig zu verändern begann, beschäftigte er sich wieder mit dieser Sache. Irgendwie gehörte der Erzeuger schließlich doch zu seiner Identität.

Seine Schülerlaufbahn verlief ähnlich wie die seiner Mutter, für einen Jungen eher ungewöhnlich. Er lernte leicht, entwickelte ein gutes Gedächtnis für Unterrichtsinhalte und benötigte deshalb gar nicht sehr viel Zeit für die Nacharbeit zu Hause. So erreichte er mit einem Minimum an Aufwand ein Maximum an schulischem Erfolg, war zwar niemals Klassenbester, hielt sich aber stets im besten Viertel. Der beste männliche Schüler war er jährlich jedenfalls. Dass er allmählich die Vorstellung entwickelte, wie Vater Peter Lehrer werden zu wollen, verwunderte seine Eltern zuerst sehr. Als er aber erklärte, er erlebe so viele ungeeignete Lehrer, Musterbeispiel: „Rammbock", dagegen müsse man etwas unternehmen, empfanden sie doch einen gewissen Stolz auf ihren zielstrebigen Sohn.

Die Katastrophe

Der kleine Knut Hoppenstedt kam genau am ersten Geburtstag seiner Schwester zur Welt. Christiane und Klaus hatten sich in ihrer kleinen Welt zufrieden zurechtgefunden. Klaus verdiente ordentlich, sein „Frauchen", wie er sie seit ihrem Zusammenfinden liebevoll nannte, war mit Begeisterung Mutter und hielt Kinder, Ehemann und Haushalt in zuverlässigen Händen. Und trotz der in der Haushaltskasse fehlenden Unterhaltsleistungen für Martin musste sie keine großen Einschränkungen hinnehmen. So brachte sie allmählich auch die technische Ausstattung ihres Haushaltes auf einen modernen Stand. Als Tanja und Knut ab Herbst 1962 schließlich gemeinsam den Kindergarten im Viertel besuchten, brachten sie so viel Schmutzwäsche an, dass nun auch endlich eine ordentliche Waschmaschine anzuschaffen war.

Mit dem ersten Standplatz im Bad, direkt neben der Toilette, waren Christiane und Klaus von Anfang an nicht ganz zufrieden. An einem Sonnabend, als er keinen Dienst hatte, versuchte Klaus dann, eine bessere Aufteilung des Badezimmers zu erreichen und fand schließlich eine schöne Lösung, mit der auch sein Frauchen einverstanden war. Das einzige Problem war die Entfernung zur einzigen Wandsteckdose. Klaus wusste Rat. Vor einiger Zeit hatte er vorübergehend für einen anderen Zweck eine Dreifachsteckdose mit einer

Zuleitung von 150 cm verwendet, die jetzt unbenutzt im Schrank lag. Mit Hilfe dieser Verlängerung brachte er die Waschmaschine ohne Probleme unter Strom. Auf dieser Dreifachsteckdose las er die aufgeprägte Leistung: „Bis gesamt 1800 Watt belastbar". Das Typenschild der Maschine teilte mit: „Max. Leistungsaufnahme 3000 Watt". „Das passt ja wohl nicht ganz, aber es wird schon nichts passieren, bis ich ein neues Kabel besorgt habe." Tatsächlich arbeitete seine Konstruktion in den ersten Tagen so problemlos, dass er schließlich erst einmal vergaß, ein anders Kabel zu besorgen.

Als er am Dienstag, dem 9. Oktober wie täglich mit dem Fahrrad nach Hause fuhr, fand er in seiner Straße die Feuerwehr im Großeinsatz. Und schnell begriff er, dass es um das Haus ging, in dem er mit seiner Familie wohnte. Schließlich erkannte er auch, dass seine Wohnung gebrannt hatte, weil aus dieser noch eine Menge Rauch hervorquoll. Die Scheiben waren geborsten und aus allen Fenstern waren Flammen geschlagen. Er fragte sofort nach dem Einsatzleiter, um etwas über seine Familie zu erfahren. Dieser und ein älterer Polizist suchten ihm nun möglichst behutsam beizubringen, dass die in die Wohnung eingedrungenen Feuerwehrkräfte eine Frauen- und zwei Kinderleichen gefunden hätten. Da der Brand vermutlich im Bad direkt neben der Korridortür ausgebrochen sei, hätten alle drei wohl nicht mehr den rettenden Treppenflur erreichen können. Klaus brach sofort zusammen, er hatte gleich begriffen, dass er durch seine Nachlässigkeit seine gesamte Familie verloren hatte.

Nach zwei Nächten Klinikaufenthalt holte ihn seine jüngste Schwester Lydia zu sich nach Hause. Wie die Älteste, Maike, wohnte sie mit ihrer Familie in Bremen. Ihr Mann Bernhard Braun war Fahrzeugverkäufer in einem großen Autohaus. Ihre drei Kinder, alle Schüler, gingen dem bedrückten Onkel aus dem Weg, so gut es möglich war. Lydia und Maike brachten es fertig, Klaus sogar wieder zur Arbeit zu motivieren, konnten aber nicht verhindern, dass er sich jeweils am Samstagabend um den Verstand trank. So war wenigstens eine kurze Zeit das Bewusstsein seiner Schuld besser zu ertragen. Und dann kam das Schreiben der Staatsanwaltschaft.

„Sehr geehrter Herr Hoppenstedt, hiermit sprechen wir Ihnen unser Beileid zum Verlust ihrer Familie aus. Infolge der Untersuchungen der Brandexperten der Polizei steht nun fest, dass der Brand durch die Überlastung eines kabelbündigen Stomverteilers entstanden ist. Da zu vermuten ist, dass Ihre eigene Fahrlässigkeit die Ursache für diesen Wohnungsbrand ist, dem Ihre Familie nicht entkommen konnte, wird Ihnen grob fahrlässige Tötung gem. § 222 StGB vorgeworfen und von Amts wegen Anklage gegen Sie erhoben. Der Vorwurf der groben Fahrlässigkeit stützt sich u.a. auf Ihre Einlassung gegenüber dem Polizeiobermeister N.N., dem sie direkt am Brandort eingestanden haben, von der zu schwachen Leistungsfähigkeit des o.g. Stomverteilers Kenntnis gehabt zu haben." Schließlich die üblichen Belehrungen, die Aufforderung, sich einen Anwalt zu nehmen und eine Unterschrift.

Am Abend dieses Tages ließ er sich so voll laufen, dass er am nächsten Tag nicht arbeiten konnte. Da ihm diese maßlose Trinkerei gegenüber seinen Verwandten äußerst peinlich war, entwickelte er in den folgenden Wochen eine Trinktaktik, die es vorerst so aussehen ließ, als ob er den Alkoholkonsum völlig eingestellt habe. Außerhalb seiner kleinen Wohnung, die er inzwischen hatte beziehen können, trank er keinen Tropfen Alkohol, brachte aber in seiner großen Aktentasche flaschenweise Hochprozentiges nach Hause, das er dort dann abends „zur Beruhigung" zu sich nahm. Da er sich oft morgens vor dem Tag fürchtete, begann er dann, öfters bereits zum Frühstück zwei bis drei Schnäpse zu trinken. Damit niemand seine folgende Alkoholfahne roch, gewöhnte er sich an, Salmiakbonbons aus der Apotheke zu holen und den ganzen Tag über zu lutschen.

Ausgerechnet auf Christianes fünfundzwanzigsten Geburtstag wurde der Gerichtstermin angesetzt, in dem die Anklage gegen ihn zur Verhandlung kam. Vor lauter Aufregung hatte er sich zuvor ordentlich Mut angetrunken, und siehe da, mit dem Alkohol im Blut gelang es ihm, im Verfahren einen sehr guten reumütigen Eindruck zu hinterlassen. Er gestand sofort sein Wissen um die Schwäche der Stromverbindung, und dass er schuldhaft die mögliche Abhilfe unterlassen habe. Sein Rechtsanwalt hatte ihm eigentlich eine andere Taktik empfohlen, aber so fiel das Urteil recht gnädig aus. Unter Berücksichtigung des Verlustes seiner gesamten Familie und des umfassenden Geständnisses sah der Richter von der möglichen Höchststrafe von fünf Jahren ab und verurteilte ihn zu einer Bewährungsstrafe von zwei Jahren und drei Monaten Haft, die er also nicht antreten musste, wenn er die Bewährungsauflagen erfüllen würde.

Für einen Beamten bedeutete eine rechtskräftige Verurteilung eigentlich das Ende seiner Laufbahn. Klaus jedoch hatte einen Dienststellenleiter, der ihn gerne behalten wollte, weil er nach wie vor sein zuverlässigster und ordentlichster Mitarbeiter war. Dabei war diesem Jan Hoffmann längst klar geworden, dass dieser unglückliche Mann inzwischen ein heftiges Alkoholproblem hatte. Er verstand von dieser Erkrankung eine ganze Menge, war doch die Ehefrau seines Bruders in der gleichen Lage gewesen. Er wusste auch, was ihr dazu verholfen hatte, sich therapeutisch helfen zu lassen und „trocken" zu werden. Das war die Drohung ihres Mannes gewesen, sie zu verlassen, wenn sie sich keiner Therapie unterziehen werde.

Sein „Hilfsmittel" für Klaus könnte die drohende Kündigung werden, wenn er nicht das Urteil sondern den Alkoholismus als denkbaren Kündigungsgrund angeben könnte. Zu seiner großen Freude ließ sich sein Vorgesetzter, der die Personalentscheidungen zu treffen hatte, nach ausführlicher Darstellung der Angelegenheit auf diesen Versuch ein. Hoffmann bestellte also Klaus direkt nach Dienstbeginn, als an den Schaltern noch nicht viel los war, in sein Büro und sagte ihm mit deutlichen Worten, dass er seine Trinkerei schon länger beobachte und nun gezwungen sei, ihn deshalb fristlos zu entlassen. Es gäbe aber eine Möglichkeit, das zu verhindern: Klaus müsse sich sofort zu seiner Krankheit bekennen und eine Therapie beginnen.

Jan Hoffmann hatte Klaus und seine Situation richtig eingeschätzt. Unter dem doppelten Druck aus dem Schuldbewusstsein wegen seiner Fahrlässigkeit und dem ständigen Verstecken der von ihm natürlich längst erkannten aber ignorierten Sucht brach sein ganzes Tarnsystem in Sekundenschnelle in sich zusammen. Unter Tränen bestätigte er seinem Chef offen seinen Alkoholmissbrauch und seine Qualen unter seiner Verantwortung für den schmerzlichen Verlust seiner Liebsten. Hoffmann hatte sich gut vorbereitet auf diese erhoffte Reaktion und konnte Klaus nun direkt Ansprechpartner benennen, durch die er sofort einen Entzug würde beginnen können. Eine Gruppe der Anonymen Alkoholiker sollte sein Schutzraum werden.

Ein neues Kapitel

Mit der Stützung durch Mitbetroffene kam er ganz gut voran. Wöchentlich trafen sich etwa ein Dutzend Alkoholkranke, die von einander nur ihre Vornamen erfuhren. Reihum kam jeder zu Wort und konnte nach festgelegtem Muster seine aktuelle Situation darstellen. Bei Klaus klang das ähnlich wie bei allen stets so: „Mein Name ist Klaus. Ich bin Alkoholiker. Ich habe schon früher in einer Zeit der Unsicherheit in der Beziehung mit meiner Frau am Wochenende viel getrunken. Als wir uns gefunden hatten, war das vorbei. Nachdem ich aber am Tod meiner Kinder und meiner Frau schuldig geworden bin, habe ich einen schnellen Absturz in regelmäßiges Trinken erlebt. Ich konnte ohne Alkohol gar nicht mehr arbeiten. Jetzt bin ich nüchtern, habe seit … Tagen keinen Tropfen Alkohol getrunken und will mit euch gemeinsam trocken bleiben." Nach einigen anfänglichen Rückfällen klappte das auch tatsächlich richtig gut.

Jan Hoffmann konnte bereits nach drei Monaten seinem Vorgesetzten mitteilen, der Einstieg in ein Leben ohne Alkoholmissbrauch sei dem Mitarbeiter Klaus-Georg Hoppenstedt gelungen. Das bedeute natürlich nicht, dass er es ein für allemal geschafft habe. Man gehe in Fachkreisen davon aus, dass erst nach fünfjähriger Abstinenz der Durchbruch endgültig gelungen sei. Für Klaus selbst und für Martin mit seiner Familie in Lahnstein hatte die gegenwärtige stabile Situation zur

Folge, dass auch der Unterhalt weiterhin monatlich zuverlässig bezahlt wurde.

Alles das klappte inzwischen schon seit fast zwei Jahren ganz gut. Mit Hilfe seiner AA-Gruppe war Klaus sogar mit einem kurzen Rückfall am ersten Jahrestag der Brandkatastrophe fertig geworden. Seine Arbeit machte ihm Freude, die Anerkennung durch seinen Dienststellenleiter stärkte ihn zusätzlich. Und langsam verblassten die Schrecken der Erinnerung. Sogar eine leichte Sehnsucht nach einer Bettgefährtin stellte sich allmählich wieder ein.

Um nicht ständig nach Feierabend zu Hause zu sitzen, aber auch nicht in Kneipen der Versuchung zum Trinken widerstehen zu müssen, wanderte er an wärmeren Tagen gerne zum Weserufer, setzte sich auf eine Parkbank, die er immer wieder gerne aufsuchte, und beobachtete den Betrieb zu Wasser und zu Lande. Das war recht abwechslungsreich und veranlasste ihn sogar mit der Zeit, ganz ordentliche Zeichnungen von diesen Vorgängen zu fertigen. Am Nachmittag des 21. Juni saß auf „seiner" Bank eine schlanke mittelgroße durchaus ansehnliche farbige junge Frau schwer bestimmbaren Alters. Sie hatte eine recht dunkle Haut, aber einen europäischen Gesichtsschnitt. Ihr fehlte zudem die bei Mischlingen oft dichte krause Löckchenfrisur. Ihre pechschwarzen Haare fielen in weichen Wellen bis auf die Schultern. Er schätzte sie auf siebzehn bis zwanzig

Lebensjahre. Als er sich neben sie gesetzt hatte und gerade seinen Zeichenblock zurechtlegen wollte, bemerkte er, dass sie schluchzte. „Was ist los, Mädchen, hat dir jemand was getan?"

Misstrauisch versuchte sie zu erkennen, ob sie sich ihm anvertrauen könne. Das Ergebnis schien befriedigend, denn sie begann plötzlich mit einem zuerst immer wieder durch Aufschluchzen unterbrochenen Redeschwall, wurde aber allmählich ruhiger. „Sie sehen ja, dass ich farbig bin. Mein Vater war schwarz und nach der Beschreibung meiner Mutter als amerikanischer Soldat in Hessen stationiert. Die war damals als Fünfzehnjährige zu Besuch bei ihren Großeltern in deren hessischem Heimatdorf. Mein Erzeuger hat dieses Mädchen sozusagen im Handstreich verführt und geschwängert. Ich selbst bin durch meine Hautfarbe immer Außenseiterin. Ich lebe nach dem extrem frühen Tod meiner Mutter in einem Bremischen Heim der Diakonie, das den Namen „Jugendbewahranstalt" trägt.

Mir fehlt nichts zum Leben, ich bekomme alles Notwendige. Mich quälen andere Mängel. Mich hat kein Mensch lieb, nur mit einigen Mädchen in unserem Schlafsaal verstehe ich mich ganz gut. Aber richtig schlimm ist etwas ganz Anderes. Ich weiß nur nicht, ob ich ihnen das erzählen kann, ich bin für sie ja eine Fremde und sie für mich ein Fremder." „Das lässt sich ja ein Wenig ändern. Ich bin der Klaus, du sagst jetzt du zu mir, und ich höre dir so lange zu, bis du mir deinen ganzen Kummer erzählt hast. Und ich verspreche dir, alles für mich zu behalten." „Okay, Klaus, danke, ich bin die Peggy." Sie holte tief Luft und sprudelte dann regelrecht ihre Geschichte heraus: „Mir war schon länger aufgefallen, dass unser Heimleiter Jörg Römer, der richtig gemein und ungerecht sein kann und die Jungs sogar verprügelt, einige Mädchen total in Ruhe lässt. Die bekommen viel mehr Freiheiten als die anderen und kriegen nie geschimpft. Mit einer von denen vertrage ich mich ganz gut. Diese Gabi redet nicht viel und wirkt immer ein bisschen bedrückt, obwohl sie bevorzugt wird.

Ich habe sie dann Ostermontag vor einem Jahr, als wir mal alleine zusammen waren, ganz direkt gefragt, warum der Heimleiter Jörg sie und einige Weitere so viel besser als uns Andere behandelt. ‚Das ist ganz einfach, wenn du dich traust, ihm die Beine breit zu machen. Für jeden Wochentag hat er sich eine Andere von uns ausgesucht. Deshalb sind es immer sieben Mädchen, die er regelmäßig vögelt und dann in Ruhe lässt. Geht eine aus dem Haus, sucht er sich eine Neue. Jetzt ist es wieder so weit. Marion wird morgen entlassen, da braucht er ein neues Dienstag-Mädchen. Glaub mir, keine von uns lässt sich gern mit dem alten Schwein ein, aber so haben wir wenigstens Ruhe vor seinen anderen Gemeinheiten und denen seiner Frau. Die alte Tante ist übrigens oft dabei, wenn er es mit einer treibt. Die tickt doch nicht sauber!' Ich habe sie dann gefragt, ob man da keine Angst haben müsse, ein Kind von ihm zu bekommen. Sie hat mir gesagt, das sei unmöglich, er sei durch einen Querschläger im Krieg verletzt und unfruchtbar geworden.

Eine Nacht habe ich schlecht geschlafen und dann beschlossen, mich ihm für Dienstag anzubieten. Ich war so doof zu glauben, Sex mit dem Mistkerl sei viel leichter zu ertragen als seine anderen Gemeinheiten. Das ist aber ein großer Irrtum gewesen. Jetzt bin ich wie die anderen sechs seine Sklavin und fühle mich so schmutzig und benutzt." Nun fing sie wieder an zu weinen. Klaus legte ihr behutsam den Arm um die Schulter und ließ sie sich ordentlich ausheulen. Als sie damit durch war, trocknete sie ihr Gesicht, putzte sich die Nase und frage, ob auch Klaus ihr ein wenig von sich erzählen wolle. Überrascht war er selbst, wie offen er ihr von seiner Schuld am Tod seiner Familie und seiner Alkoholkrankheit berichten konnte. Anschließend plauderten sie ganz entspannt miteinander.

Ihr apartes und adrettes Äußeres wie auch ihre entwaffnend offene und manchmal etwas ordinäre Art zu sprechen weckten allmählich den Mann in Klaus. Die junge Frau hatte ihn insgesamt sehr angerührt. Er entfaltete seinen gesamten Charme und hatte im Handumdrehen ihre Zuneigung erworben. Als sie nach etwa zwei Stunden noch immer im angeregten und vertrauten Geplauder waren, fragte Klaus unvermittelt, ob sie noch für ein Stündchen mit in seine kleine gemütliche Wohnung kommen wolle. „Warum nicht? Mit dir zu reden macht richtig Spaß. So leicht war mir schon lange nicht mehr ums Herz." Als er sie dann zum Heim zurück brachte, verabredeten sie sich für den übernächsten Abend zum Essen bei ihm. Der nächste Tag war ja ein Dienstag.

Klaus wäre nicht Klaus gewesen, hätte er nicht in jeder Hinsicht ordentlich vorgesorgt und sich mit genügend Essensvorräten, einem hübschen Blumenstrauß auf dem Tisch, einigen stimmungsvollen Kerzen sowie genügend Kondomen versorgt. Peggy begriff sofort, was er von ihr wollte. Und stellte verwundert bei sich fest, sie wollte das auch. Nach dem Essen verzog sie sich kurz in sein kleines Badezimmer. Als sie wieder zurück kam, war sie splitternackt und lächelte ihn einladend an. So leicht hatte er sich die Sache nicht vorgestellt. Von diesem Abend an kam Peggy fast täglich außer natürlich dienstags für ein Schäferstündchen. Und sagte ihm nach einigen Wochen, durch seinen zärtlichen Sex könne sie jetzt den wöchentlichen Dienstag problemlos aushalten.

Wochen und Monate gingen ins Land. Die Lust auf Alkohol war wie weggeblasen durch die Lust auf den jungen straffen Körper, die dunkle Haut und die bedingungslose Zärtlichkeit Peggys. Diese Lust war eine gute, weil sie nicht nur ständig befriedigt wurde, sondern ihm auch die Möglichkeit gab, Peggy glücklich zu machen. Über Weihnachten blieb sie dann sogar fünf Tage und Nächte ganz bei ihm. Sie hatte ihren Vorteil bei Jörg genutzt und ihm vorgelogen, von entfernten Verwandten eingeladen worden zu sein. Rechtzeitig zu ihrer nächsten Dienstagspflicht war sie dann wieder zurück.

Ende Februar fragte sie plötzlich Klaus, ob er zur Entlassungsfeier ihrer Schule mitkommen und wie an Weihnachten ihren entfernten Verwandten spielen wolle und könne. „Schulentlassung? In welche Schule gehst du denn noch?" „In die Realschule. Wieso fragst du?" „Weil ich keine Ahnung habe, wie alt du eigentlich bist." „Ach, ich dachte, du wüsstest das längst. An dem Tag, an dem wir uns auf der Bank kennen gelernt haben, bin ich fünfzehn geworden." „Ach du liebe Zeit! Ich dachte, du bist sicher schon achtzehn oder neunzehn. So mache ich mich mit dir ja ständig schwer strafbar." „Du hast mich doch nicht verführt, sondern ich dich. Das erklärt uns der Jörg auch immer wieder. Wir wären doch schuld, nicht er. Wir kämen doch freiwillig. Bei dir und mir stimmt das ja auch wirklich. Dich habe ich richtig lieb." Er nickte, auch er hatte das junge Weib lieb gewonnen, nein, heftiger, er war ihm regelrecht verfallen.

Die Verfahren

Die Erkenntnis, dass dieser Heimleiter also offensichtlich schon lange sogar Kinder unter vierzehn Jahren zum Sex nötigte, machte ihn wütend. In seiner Anfangszeit mit Peggy hatte sie oft bei ihm geweint und erst allmählich die Kaltschnäuzigkeit gefunden, den Umgang mit dem „alten Ferkel", wie er ihn im Stillen nannte, als eine Art Währung zu betrachten, mit der sie sich ihre Freiheiten erkaufte. Langsam wurde ihm klar, er musste mithelfen, diesen Täter seiner gerechten Strafe zuzuführen. Als Peggy wieder einmal für ein ganzes Wochenende bei ihm blieb, besprach er seine Idee mit ihr.

„Meinst du, deine Mitbewohnerinnen, die ständig von diesem Jörg missbraucht werden, würden nach einer Anzeige bei der Staatsanwaltschaft als Zeuginnen gegen das alte Ferkel aussagen, auch gegen seine Frau?" „Wie soll ich den denn anzeigen, ich bin doch ein Kind, mir glaubt doch keiner. Klar würden die alle mitmachen, aber hat das Sinn? Erreichen wir da was?" „Das lass mal jetzt meine Sorge sein. Zuerst gehen wir zu einer Rechtsanwältin, die ich kenne. Die war mit mir einige Jahre in derselben Klasse und praktiziert seit Kurzem hier im Stadtteil. Das habe ich zufällig gesehen. Der traue ich zu, dass sie dich ordentlich vertritt. Ich will und kann das bezahlen. Ich habe genügend Geld angespart, seit ich dich habe. Kein Alkohol mehr, wenig Ausgaben fürs Leben und ein gutes Einkommen. Nur der blöde

Unterhalt für das Lahnsteiner Kind, das ich als Soldat einem Mädchen dort gemacht habe, belastet mich ein bisschen. So viel ist das aber auch nicht."

„Was, du hast außer den verbrannten Kindern noch eines. Du warst ja ein ganz gehöriger Schwerenöter!" „Bin ich das nicht immer noch?" Sie musste lachen, bestätigte ihm dann aber ihre Bereitschaft, mit zur Rechtsanwältin zu gehen und alle jene Mädchen anzusprechen, die jetzt allwöchentlich der Heimleiter zu sich holen würde. Auch einige ehemalige Missbrauchte könne sie sicherlich noch finden und fragen. Damit war die Sache beschlossen.

Die Gehilfin der Rechtsanwältin Petra Wessel, die tatsächlich zehn Jahre mit Klaus die Grund- und Realschule besucht hatte, gab ihm telefonisch einen Nachmittagstermin für den Mittwoch der kommenden Woche. Nachdem beide kurz über die Vergangenheit geplaudert hatten, kam Petra sofort zur Sache. Klaus berichtete knapp, wie er Peggy kennengelernt habe, legte sein Verhältnis zu ihr offen und erfragte dann Möglichkeiten, dem Heimleiter das Handwerk zu legen und ihn womöglich hinter Gitter zu bringen. Zuerst befragte sie noch Peggy selbst und war sehr verblüfft über die Reife und Entschlossenheit des jungen Mädchens. Dann meinte sie zu Klaus: „Du bleibst am Besten im Hintergrund. Ich stelle zuerst beim Vormundschaftsgericht einen Antrag, mir sofort eine Ergänzungspflegschaft für Peggy einzurichten. Das

Jugendamt wird zustimmen, ich habe nämlich einen perfekten Draht dort hin. Mein großer Bruder Paul, an den du dich sicher erinnern wirst, ist dort seit einiger Zeit stellvertretender Amtsleiter. Dann kann ich dich, Peggy, direkt vertreten, Anzeige erstatten und, vorbehaltlich einer Verurteilung des Ehepaares Römer, jetzt schon auf Schmerzensgeld klagen. Wenn da was zu holen ist, sollte dir das als der Erstanzeigenden zustehen."

Verblüffend schnell richtete das Vormundschaftsgericht danach die Pflegschaft ein. Petra Wessel erstattete sogleich Anzeige gegen das Ehepaar Römer und benannte insgesamt zwölf Zeuginnen, deren Bereitschaft Peggy erfragt und die sie alle ihrer neuen Ergänzungspflegerin mit Adresse und Geburtsdatum hatte benennen können. Fünf davon waren bereits über achtzehn und nicht mehr im Heim. Als der Betreiber des Heimes, das Diakonische Werk der Bremischen Evangelischen Kirche, durch die Staatsanwaltschaft von dieser Anklage in Kenntnis gesetzt wurde, war das Ehepaar Römer im Handumdrehen aus dem Haus verschwunden. Anschließend wurden vorläufig zwei Erzieherinnen und eine Psychologin in die Leitung der „Anstalt" berufen. Zugleich klagte Petra Wessel beim Amtsgericht vorsorglich gegen das Ehepaar Römer und gegen das Diakonische Werk auf Schmerzensgeld. Im Jugendamt wurde eine erfahrene Fürsorgerin damit beauftragt, alle als Zeuginnen benannten Mädchen bei den staatsanwaltlichen Befragungen und im Gerichtssaal zu begleiten. Nur Peggy kam mit Petra Wessel sowohl zu den Befragungen als auch zur Hauptverhandlung. Besorgt war die Rechtsanwältin, weil beide Römers bisher alles abgestritten hatten. Das würde zur erneuten Befragung der ganzen minderjährigen Zeuginnen führen, zu der das Publikum den Gerichtssaal verlassen müsste.

Das Medieninteresse an der Verhandlung, die am 4. Oktober 1966 - ausgerechnet einem Dienstag - stattfand, war gewaltig. Nachdem der Gegenstand der Verhandlung veröffentlicht worden war, verbreitete sich die Kunde davon mit rasender Geschwindigkeit nicht nur durch Bremen und Niedersachsen, sondern durch die ganze Republik. Die BILD-Zeitung, mehrere Illustrierte und sogar zwei Fernsehanstalten hatten ihre Reporter mit Kamerateams geschickt.

Die Verlesung der Anklageschrift brauchte nicht viel Zeit. Als die Angeklagten einvernommen wurden, knickte Jörg Römer nach zwei zuerst abwehrenden Sätzen ein und legte ein umfassendes Geständnis ab, in dem er sogar noch einige zusätzliche Opfer seiner Sexgier benannte. Als dann seine Frau befragt wurde, gab auch sie ihre Mittäterschaft sofort zu. Auf die Richterfrage, ob sie das Handeln ihres Mannes nicht angewidert habe, sagte sie leise: „Mich hat das doch auch aufgegeilt." Das war natürlich Futter für die Gazetten. Angesichts der Geständnisse musste keines der Mädchen vor Gericht aussagen, und die Urteile blieben unter der

Höchststrafe. Jörg Römer musste sieben Jahre hinter Gitter, seine Frau erhielt zwei Jahre auf Bewährung. Und ihr Rechtsanwalt erklärte noch in der Hauptverhandlung, seine Mandanten nähmen das Urteil an, also war es sofort rechtskräftig. Alle Mädchen einschließlich Peggy blieben bis zum Abzug der Reporter in einem geschützten Raum, zu dem diese keinen Zugang hatten.

Die vorsorglich erhobene Schmerzensgeldklage der Rechtsanwältin zahlte sich aus. Genau vier Wochen und zwei Tage nach dem Strafgerichtsurteil wurde Peggy ein Schmerzensgeld von Römers in Höhe von 6.000 DM zugesprochen, da sich der Missbrauch, bereits im Kindesalter beginnend, über eine sehr lange Zeit hingezogen habe. Das Diakonische Werk musste in gleicher Höhe zahlen, denn die Vernachlässigung der Aufsichtspflicht über die Heimleitung habe die Schäden für Peggy erst ermöglicht.

Alternativen

Unterdessen hatte sich Peggy fleißig um eine Ausbildungsstelle bemüht, aber vermutlich ihrer Hautfarbe wegen nur Absagen erhalten. Lydia, die jüngste Schwester von Klaus, und ihr Mann hatten die junge Dame inzwischen kennengelernt und waren beeindruckt von ihrer Schlauheit und ihrem Selbstbewusstsein. So brachte Bernhard, Lydias Ehemann, Peggy schließlich als Lehrling im Büro des Autohauses unter, in dem er als Verkäufer arbeitete.

Klaus hatte nach den Urteilen mit Petra Wessel diskutiert, ob Peggy im Heim bleiben müsse oder bei ihm einziehen dürfe. Die besprach das mit den Fachleuten des Jugendamtes und teilte ihm dann mit, wenn er in der Zeit, in der sie noch die Ergänzungspflegschaft führe - also noch im laufenden Kalenderjahr - Peggy einfach heiraten würde, könne sie gerne die Zustimmung erteilen, und Peggy wäre dann vorzeitig mündig. „Sogar schon mit sechzehn?" „Ja, so sind die gesetzlichen Regelungen, weil meistens eine Schwangerschaft solche Vorzeitigkeit verursacht. Bei euch wäre es die Abwendung weiteren Schadens von deinem Mädchen. Ich sehe ja, wie gut es ihr bei dir geht und wie reif sie ist. Und außerdem könnte sie dann sofort über das Schmerzensgeld verfügen, das ja jetzt treuhänderisch vom Jugendamt verwaltet wird."

Peggy hatte inzwischen bei den Heimleiterinnen angefragt, ob sie entweder ganz zu Klaus ziehen oder aber zumindest öfter über Nacht bei ihm bleiben dürfe. Die kluge Psychologin, die sich schon früher mit minderjährigen Missbrauchsopfern beschäftigt hatte, war sofort für Peggys Umzug. Dieser sichere Gefühlshafen schien ihr ideal. Oft nämlich landeten die hoch verunsicherten und für die Liebe verdorbenen weiblichen Missbrauchsopfer auf dem Strich. Auch drei der Opfer Jörg Römers schafften bereits in der Helenenstraße an, das wusste sie inzwischen genau. Als Peggy am Nachmittag zu Klaus kam, war sie schneller und berichtete, sie dürfe ab sofort bei ihm wohnen, wenn er das auch so wolle. Er lachte und erzählte von seinem Gespräch mit der Rechtsanwältin. Dann zog er sie auf seinen Schoß und fragte mit seltsamer Feierlichkeit, ob sie nicht nur bei ihm wohnen sondern auch seine Frau werden wolle. „Wenn das jetzt tatsächlich schon möglich ist, jederzeit."

Dann ging alles sehr schnell. Zuerst einmal wurde Peggy allen restlichen Familiengliedern Hoppenstedt bekannt gemacht. Niemand ließ sich etwas anmerken, aber Klaus und Peggy spürten sofort die Vorbehalte bei allen Frauen der Familie außer bei Lydia, mit der Peggy von Anfang an eine herzliche Freundschaft hatte entwickeln können. Ganz anders die Männer. Sowohl der Vater als auch die Schwäger von Klaus fanden sofort Gefallen an dem für Geestländer doch sehr exotischen zukünftigen Familienmitglied. Und die Kinder fanden die neue „Tante", die ja zu ihrer Generation gehörte, „richtig stark". Trotz der Vorbehalte der älteren Frauen wurde die kleine Hochzeitsfeier zur standesamtlichen Trauung am Freitag vor dem dritten Advent eine ganz harmonische Sache.

Aber ein weiterer Umstand ihres Lebens machte Peggy allmählich zu schaffen. Die Arbeit, für die sie ausgebildet wurde, unterforderte sie, und die vielen Stunden am Schreibtisch entsprachen in keiner Weise ihrer Vorstellung von ihrem Leben. Aus eigener Kraft wollte sie etwas leisten und - daran hatte sie keine Zweifel - ordentlich Geld verdienen. Als Bürokauffrau stand ihr nach der Ausbildung nur ein schmaler Lohn zur Verfügung, das wusste sie. Die Gedanken, die sie zu einer Änderung entwickelte, könnten für Klaus eine heftige Zumutung werden. Deshalb feilte sie so lang an ihrem Plan, bis er ihr tauglich erschien, ihn ihrem Mann auszubreiten.

Irgendwann im Januar 1967 hatte sie ein klares Konzept im Kopf und vertraute Klaus nun ihre Gedanken an. „Ich möchte etwas Anderes machen als die doofe Büroarbeit. Immer einmal wieder kriege ich im Betrieb mit, dass unser Servicemeister oder dein Schwager von einem Kunden aus dem Umland gefragt wird, ob es in Bremen eine bessere Adresse für käuflichen Sex gäbe als die schmuddelige Helenenstraße. Einer, der aus Frankfurt hergezogen ist, erzählte, dort hätte man die Möglichkeit, zwischen drei selbstständig und unabhängig arbeitenden

‚Sexarbeiterinnen' zu wählen, die in schönen privaten Wohnungen ihre Dienste anbieten würden. Die seien zwar erheblich teurer als die ‚Nutten' in Frankfurts Bahnhofsviertel und hier in der Helenenstraße, aber man hätte dann die Sicherheit, sauber und sogar ärztlich kontrolliert ordentlichen und abwechslungsreichen Sex zu bekommen. Als seine Frau gegen Ende der Schwangerschaften jeweils Unlust empfunden habe, sei er einige Male mit ihrem Einverständnis bei einer der Damen gewesen.

Nun lässt mich ja Sex mit anderen Männern völlig kalt, das weißt du ja. Und unser Verhältnis hat dagegen so viel Liebe und Zärtlichkeit, dass mir die Sache mit Jörg immer nur stärker gezeigt hat, wie reich wir beide miteinander sind. Wenn du das aushalten kannst, aber wirklich nur dann, würde ich mich gerne als Sexarbeiterin selbstständig machen. Wenn ich höre, dass die Frauen in Frankfurt für die Stunde je nach Wunscherfüllung von ihren Kunden zwischen zweihundert und dreihundert Mark bekommen - und die Kerle zahlen das anstandslos - dann kann ich sogar mit einer erheblich kleineren Stundentaxe, beispielsweise einhundert und fünfzig Mark, an zwei Tagen in je sechs Stunden mehr verdienen, als im Büro im ganzen Monat. Man muss natürlich Miete für eine geeignete Wohnung und andere Kosten abrechnen, aber da bleibt für uns beide eine Menge."

Gespannt beobachtete sie, welche Gefühle und Gedanken ihr verwegener und im Urteil der meisten Mitmenschen sicherlich unmoralischer Plan bei Klaus wohl hervorrufen würde. Er schaute sie einige Augenblicke schweigend an, dann nahm er sie behutsam in die Arme und meinte: „Dass du mir dadurch verloren gehst, habe ich keine Angst. Dass du gut sein wirst und bald einen entsprechenden Zulauf bekommst, weiß ich auch. Frau Koller, die Psychologin im Heim, hat mich durchaus darauf vorbereitet, dass missbrauchte Kinder oft in die Prostitution abgleiten. Du willst aber nun in eine Art Edelprostitution aufsteigen. Da mache ich mit, dein Wissen und Können sowie das Gottesgeschenk, dein herrlicher Körper, kommen zum Einsatz, und wir beide haben die Mittel, uns unsere kleine gemeinsame Welt schön zu machen. Was ich in den letzten Tagen durchdacht habe, passt irgendwie ganz gut dazu. Aber nun noch eine ganz wichtige Frage: Was wird, wenn wir Kinder bekommen?" „Ich weiß nicht, ob ich dich jetzt traurig mache. Aber, mein Schatz, wenn Kinder, dann erst in zwanzig Jahren, wenn Geld genug zusammen ist. Dann sind wir noch jung genug, und ich komme langsam aus dem Alter heraus, in dem ich für die Sexhungrigen attraktiv bin. Eine alte Schlampe will ich nicht werden, lieber dann die glückliche Mutter unserer Kinder. Das ist dann ein prächtiger Lebenszweck. Und jetzt kann ich eine Schwangerschaft erst mal verhindern, es gibt ja seit Kurzem gute Verhütungsmedikamente." Klaus staunte. Peggy war noch sechzehn Jahre alt und hatte Gedanken und Pläne, wie sie Frauen oft nicht zustande brachten, die doppelt so alt waren. Und Scham war ihr ja fremd.

„Nun erzähle ich dir mal, welche Gedanken mir in den letzten Tagen durch den Kopf gegangen sind. Ein Kollege von mir hat in einem Sträßchen in Schwachhausen, gar nicht weit vom Hauptbahnhof, eines der vielen dort stehenden aneinanderklebenden schmalen hohen Häuser geerbt. Einiges müsse darin gemacht werden, sagt er. Er kann das nicht mit seiner Gehbehinderung, außerdem wohnt er mit Familie in seinem hübschen Elternhaus in Achim und kann mit dem Postbus von seiner Straße bis vor unser Postamt kommen ohne umzusteigen.

Die Nachbarhäuser werden zum Teil gerade renoviert, andere sind wie das Seine fast noch im Urzustand, alle wohl um die Jahrhundertwende gebaut. Gerade heute hat er mir einen Preis von achtzehntausend Mark genannt, für den er es verkaufen würde. Was uns verfügbar wäre, habe ich schon vorher errechnet. Du hast zwölftausend vom Schmerzensgeld zur Verfügung, ich habe etwas mehr als viertausend Mark auf meinem Sparkonto. Für die Herrichtung kann ich als Postbeamter zwei Kredite bekommen. Einen von meinem Arbeitgeber in Höhe von fünftausend, den es ausschließlich dann gibt, wenn man sich Wohneigentum kauft. Und es gibt zusätzlich ein Hypothekendarlehen von meiner Bank in Höhe von bis zu sechzig Prozent des Kaufwertes." „Du hast ja schon gewaltig herumgefragt, was möglich ist. Dir scheint es doch ernst zu sein mit deinem Interesse für das Haus."

„Ja, das stimmt. Und jetzt mit deinem Plan passt das wirklich fabelhaft zusammen. Wir können uns am Samstagnachmittag das Haus anschauen. Er verkauft es erst dann jemandem sonst, wenn wir es nicht haben wollen. Ich habe schon eine grobe Vorstellung über den Grundriss. Wie viele Bremer Häuser hat es einen Hochkeller. Der ist auch von der Straße her über eine Schräge zu betreten. Da können unsere Fahrräder hinein und später vielleicht nach Einbau eines Tores auch eine Autogarage. Und hinten geht es in einen kleinen Garten hinaus. Im Hochparterre gibt es ein größeres Wohnzimmer, eine geräumige Küche und bereits eine Toilette. In diesen Häusern wohl selten. Im ersten Stock ist der gleiche Grundriss, über der Küche aber jetzt ein Zimmer, und auch eine Toilette. Und im Dachgeschoss gibt es ein weiteres großes Zimmer und über den kleineren Räumen eine Dachterrasse mit Weitblick zum Bürgerpark, wie auch von den Dachterrassen der Nachbarn. Das gäbe uns die Möglichkeit, die Küche in den ersten Stock zu verlegen und oben ungestört und behaglich zu wohnen. Im Hochparterre würde dann der große Raum dein Arbeitszimmer, und in die jetzige Küche könnte man einen hübschen Sanitärraum einbauen, damit du Ekliges, was es ja ab und an geben kann, sofort wieder loswerden kannst. Da wäre eine Brause praktisch."

Die Firma

Am Samstag fiel die Besichtigung noch positiver aus, als sich die Beiden erhofft hatten. So wurde dann zielsicher ein Kaufvertrag geschlossen und für die ersten Ausstattungen und Reparaturen der Arbeitgeberkredit beantragt. Fast genau, wie sich Klaus das vorgestellt hatte, wurde nun die Einteilung und Einrichtung vorgenommen. Da der Raum für die Küche im ersten Stock sehr üppig war, ließen sie noch die Toilettenwand versetzen und gewannen so ein richtiges Badezimmer, in dem eine große Badewanne Platz fand. Stadtgas wurde bereits zur Raumheizung benutzt, und eine entsprechende Warmwasserversorgung gab es auch. So blieben die Kosten im Rahmen. Peggys Arbeitszimmer erhielt einen schlichten Ausstattungsstil. Die erotische Atmosphäre entstand durch die Farben dunkelrot und weiß, durch die schweren Stores und Vorhänge, Leuchten mit rotweißen Schirmen, das riesige Bett und geschmackvoll drapierte Seidenrosensträuße. Das war die Idee ihres Mannes, und sie fand das Ergebnis wunderschön.

Bevor schließlich Peggy ihr Ausbildungsverhältnis im Autohaus kündigte, musste nun genau geplant und vorbereitet werden, wie sie zu Kunden kommen könnte und wie sie ihre Dienste möglichst unauffällig würde erledigen können, am besten ohne dass die Nachbarn merkten, was sie trieb. Dazu hatte Klaus die zündenden Ideen. Zuerst wurde ein Firmenschild gefertigt, auf dem

zu lesen stand: „Peggys Fremden-Verkehrs-Dienste".
Das kam neben die Haustür. Unter diesem Namen
meldete sie auch ein Gewerbe an. Zweck des
Unternehmens: „Begleitung und Betreuung von
Touristen und Bremer Bürgern, die die schönsten Stellen
der Stadt kennenlernen wollen." Inzwischen hatte sich
Klaus eine ordentliche Kamera gekauft, mit der man auch
schöne farbige Bilder erzeugen konnte. In ihrem fertig
ausgestatteten Serviceraum ließ er Peggy nun
verschiedene aufreizend wirkende Dessous anprobieren
und fertigte von jeder Ausstattung vier Bilder in
verschiedenen Posen.

Als er die entwickelten Filme mit den Abzügen in seinem
Fotoladen abholte, war er ein Wenig enttäuscht. Er fand
die Wirkung entweder zu bieder oder zu ordinär. Als er
in ihre gemütliche neue Wohnung kam, hatte sich Peggy
gerade ihren neuen weißen Bikini angezogen, um ein
wenig in der schon recht warmen Frühlingssonne auf der
Dachterrasse zu ruhen. Klaus war wie vom Donner
gerührt. Das war es, ja! Genau dieser Kontrast aus ihrer
dunklen Haut und dem schlichten Badedress machte
Peggy zu dem, was sie wirklich war, eine exotische
Schönheit. Also musste sie wieder verschiedene Posen
einnehmen und sich ablichten lassen. Als er ganz
zufrieden „Fertig" sagte, schlug sie ihren rechten Fuß
unter ihren linken Oberschenkel, bildete so einen
unfertigen „Schneidersitz", stützte sich auf ihren Armen
entspannt nach hinten ab und lächelte ihn an:

„Hoffentlich ist da jetzt ein Bild dabei, was dir gefällt."
„Peggy, Peggy, bitte bleib so sitzen, ich muss nur den
Blitz wechseln. Ja, das ist es!" Sie war so überrumpelt,
dass sie sich bis zur Ablichtung gar nicht bewegte.

Die Abzüge, die er von diesen Bildern bekam, waren alle
reizend, aber das Bild in der unabsichtlichen lockeren
Pose war aufreizend. Und doch irgendwie kindlich und
naiv. Klaus hatte schon eine Druckerei gefunden, die nun
Handzettel mit diesem Foto herstellte. Als Text nur:
„Peggy zeigt dir die schönsten Stellen Bremens - und
noch viel mehr!" Darunter die Firmenbezeichnung mit
Telefonnummer. Klaus hatte sich überlegt, in den
größeren Hotels der Stadt, den „besseren Häusern", die
Portiers und Barmixer anzusprechen und ihnen je ein
Päckchen dieser Handzettel zu geben. Für jeden
vermittelten Kunden wollte er zehn Mark zahlen. Die
Bereitschaft war erstaunlich groß, die Männer an den
Empfangs- und Bartheken waren allerlei Fragen ihrer
Gäste gewohnt. Die Doppeldeutigkeit des Firmennamens
und der Servicebeschreibung fanden alle durchaus
erheiternd.

Der erste Arbeitstag Peggys begann mit bereits vier
Kunden, alles sehr gepflegten Herren, die zu Kongressen
oder Ähnlichem in der Stadt waren. Die sechs Stunden,
also sechs Kunden, die sie sich als Tageslimit gesetzt
hatte, erreichte sie bereits nach etwa einer Woche und
fast täglich war sie ausgebucht. Sie war vorerst

schließlich die einzige Edelprostituierte der Stadt. Und das mit knapp Siebzehn. Montags hatte sie sich einen freien Tag organisiert. So blieb ihr ordentlich Zeit für sich und für Klaus. Sein neuer Vorgesetzter hatte sich darauf eingelassen, ihn jeden Samstag einzusetzen und ihm dafür den Nachmittag der Montage frei zu geben. Peggy fand das sehr schön, beide merkten aber doch nach einiger Zeit, dass die Verwaltung von Peggys Dienstleistungseinnahmen erheblich schwieriger war, als gedacht.

Das Hauptproblem war die nie gekannte Menge an Geld. Bereits am Ende des zweiten Monats lagen die Monatseinnahmen bei knapp sechsundzwanzigtausend Mark. Alle Betriebskosten abgezogen, einschließlich der Kreditraten, der Lebenshaltungskosten und der Zahlungen an die Zubringer, blieben immer noch etwa zweiundzwanzigtausend Mark übrig. Zuerst also wurden alle Schulden bezahlt und ein Neuanstrich der Hausfassade. Wozu aber sollte Klaus dann noch arbeiten gehen? Der doch unerwartet schnelle Reichtum veränderte bei beiden in Windeseile die Sicht der Welt. Klaus kündigte tatsächlich, vereinbarte notariell mit Peggy Gütertrennung und wurde nach der ordentlichen Kündigungsfrist „Sekretär" in ihrer Firma.

Sie errechneten, was sie zum Leben nötig hätten und strickten daraus sein kleines Gehalt. Er wusste, wie niedrig das sein musste, damit er keinen Unterhalt mehr für Martin zahlen musste. Um die Steuerpflicht nicht ins Uferlose wachsen zu lassen, buchte er offiziell nur geringe Einnahmen aus den Verkehrs-Diensten seiner Frau. Für die größeren Beträge richtete er über eine Bremer Bank ein Nummernkonto in der Schweiz ein, zu dem sie beide Zugriff hatten, und ließ das dicke Geld dort verschwinden. Eines Abends im Herbst schließlich beanspruchte der Polizeipräsident Peggys Dienste. Als er merkte, dass sie ihn sofort erkannt hatte, bat er sie demütig um absolute Diskretion. Das war Peggy ohnehin selbstverständlich. Als sie dann nach oben in die Wohnung kam, berichtete sie Klaus, nun sei sie auch in der besten Gesellschaft Bremens angekommen.

Einige Monate lang hatte Klaus doch immer wieder mit der Angst zu kämpfen, Peggy würde sich durch den Umgang mit ihren Kunden verändern und dann langsam von ihm entfremden. Es ereignete sich aber nichts dergleichen, eher geschah das Gegenteil. Vom ersten Stock aufwärts und bei all ihren gemeinsamen Unternehmungen, vom simplen Einkaufen über die von Peggy so sehr geliebten Schwimmbadbesuche bis zu ihren ersten kleinen Reisen, war sie die liebende und zärtliche Ehefrau. Was aber beide nicht wahrnahmen, war ihr sich veränderndes Verhältnis zu ihren Mitmenschen. Sie entwickelten allmählich eine gewisse Überheblichkeit aufgrund ihres Reichtums. Außerdem schotteten sie sich gegenüber anderen Menschen, auch der Verwandtschaft von Klaus, allmählich ab, um die

Tarnung der Verdienstquelle aufrecht zu erhalten. Aber sie schätzten sich an Peggys achtzehntem Geburtstag, aus Anlass dessen diese ihren „Betriebsurlaub" genommen und mit Klaus in die Schweiz gereist war, wunschlos glücklich.

Nach der Rückkehr erwarb Peggy dann die Fahrerlaubnis für PKWs. Sie kauften ein kleines hübsches Cabriolet, mit dem Peggy einige ihrer Kunden nach der Dienstleistung im Haus noch ein halbes Stündchen durch Bremen kutschierte und mit einigen Sehenswürdigkeiten bekannt machte. So wurde die Tarnung ihres kleinen Unternehmens noch erheblich verbessert.

Das Suchergebnis

Gudrun und Peter Kern hatten Ende Oktober 1967 erstaunt festgestellt, dass die bisher regelmäßigen Unterhaltszahlungen aus Bremen plötzlich ausblieben. Peter schrieb sofort einen freundlichen Brief an Klaus, in dem er ihn bat, sich darum zu kümmern, dass der Dauerauftrag wieder erledigt werde. Immerhin bestehe seine Unterhaltspflicht noch für mindestens acht Jahre und zwei Monate. Mit dem Vermerk „Empfänger unbekannt verzogen" kam das Schreiben nach einigen Tagen ungeöffnet zurück. Ein Anruf im Jugendamt der Stadt Bremen - die Rufnummer hatte er in dem Schreiben gefunden, aus dem einst die Berechnung der Leistungspflicht zu entnehmen gewesen war - ergab die Information, Klaus-Georg Hoppenstedt habe eine Neuberechnung durchführen lassen, nachdem er seinen Beamtenstatus verloren habe. Nun sei er nicht mehr in der Lage, Leistungen zu erbringen, also auch nicht mehr verpflichtet. Damit war das Kapitel zwischen Gudrun und Klaus wohl endgültig beendet.

Für Martin indessen wurde die Sache der Entstehung seines Lebens mit der Zeit immer wichtiger. Nach seiner Konfirmation erbat er sich von seinen Eltern Unterstützung bei der Suche nach dem Mann, dem er sein Leben verdankte. Aus seiner Geburtsurkunde wusste er den Namen schon lange. Und dass Klaus-Georg Hoppenstedt in Bremen gelebt hatte, wusste er auch. So fragte er auf Peters Rat seinen Onkel Manfred, der etwa seit seiner Heirat mit einer Kollegin aus Diez am dortigen Amtsgericht tätig war, wie er wohl an die Adresse seines Erzeugers kommen könne. Der schickte ihn zum Jugendamt, das gerade in Bad Ems aus den bisherigen kleinen Kreisbehörden von Diez und St. Goarshausen zusammengelegt worden war. Man werde ihm dort bei der Suche helfen. Gudrun musste zustimmen, und schon setzte sich der Behördenapparat in Bewegung. Mit ungeahnter Schnelligkeit kam dann ein Schreiben vom Jugendamt in Bremen, in dem die aktuelle Meldeadresse des Erzeugers des Jungen mitgeteilt wurde. Gudrun hatte zwar ein wenig Angst, welche Folgen ein Kontakt mit Klaus bei ihrem Ältesten wohl hervorrufen werde, doch verstand sie ihn gut genug, um ihn zu unterstützen.

Martin setzte sich nun hin und entwarf einen Brief an Klaus, den er schließlich nach mehreren Korrekturen, Erweiterungen und auch Kürzungen säuberlich auf Gudruns Schreibmaschine niederschrieb und mit einiger Spannung nach Bremen in Bewegung brachte: „Sehr geehrter Herr Hoppenstedt, lieber Erzeuger. Ich lasse das ‚Sie‘ sein, denn wir sind ja eng verwandt. Um mein eigenes Dasein endgültig in alle Umstände einordnen zu können, möchte ich Dich bitten, mir zu ermöglichen, Dich kennenzulernen. Ich würde gerne begreifen, wer Du bist und wie Du lebst. Und natürlich interessiert mich besonders, warum Du meine Mutter mit mir alleine gelassen hast. Vielleicht kann ich das verstehen lernen und Dich dann sogar, ohne Dir weiterhin Dein Verhalten vorzuwerfen, in meine guten Gefühle zu den Menschen, die ich liebe, mit unterbringen. Wäre das nicht schön? Über eine Antwort würde sich freuen, Dein Sohn Martin."

Gudrun und Peter waren erstaunt, mit welcher reifen Einsicht in seine Situation Martin diesen Versuch, mit Klaus Kontakt zu gewinnen, in Angriff nahm. So stolz sie auf diese seine Initiative waren, so enttäuscht waren sie mit ihm von der Antwort. „Martin! Danke für Deine Anfrage, aber ich sehe weder für Dich noch für mich einen Sinn in einer Kontaktaufnahme. Ich habe meine Beamtenlaufbahn abbrechen müssen, meine Familie durch ein schweres Unglück verloren und schwierige Zeiten erlebt. Jetzt habe ich eine neue Partnerin gefunden, mit der ich verheiratet bin. Wir leben in äußerst bescheidenen Verhältnissen und sind froh, dass wir beide mit unseren extrem belastenden Erinnerungen einigermaßen fertig geworden sind. Der Kontakt mit Dir würde diesen laufenden Verarbeitungsprozess sicherlich unterbrechen, das halten wir nicht aus. Ich grüße Dich, Deine Mutter und Deinen Stiefvater mit guten Wünschen für Euer weiteres Leben, Klaus-Georg Hoppenstedt."

Martin empfand diese Antwort wie eine schallende Ohrfeige. Bereits die neutrale Anrede schockierte. Mit keinem Wort die Erwähnung ihrer Vater-Sohn-Beziehung und der unterkühlte Gruß am Schluss, alles das war ihm unbegreiflich. Seine Mutter hatte ihn zwar gewarnt und immer wieder betont, ihre Erfahrungen mit Klaus habe sie ihn als Blender, Lügner und Feigling zu begreifen gelehrt. Das hatte der Junge natürlich nicht wahr haben wollen. Nun aber bestätigte sich immerhin, dass sein Erzeuger zu feige war, sich der Tatsache zu stellen, in Lahnstein einen Sohn zu haben. Ob seine Klage über seine und seiner jetzigen Frau Verhältnisse der Wahrheit entsprachen, bezweifelte er nach diesem Brief nunmehr auch. Und die Zurückweisung durch seinen leiblichen Vater tat weh.

Immerhin schaffte Martin es aber, nach diesem kurzen Briefwechsel jede Hoffnung auf eine Beziehung zu Klaus endgültig zu beerdigen. Er war ein Kern mit sehr viel Wellmann in Aussehen und Wesen, und das war gut so. Lediglich seine Körpermaße - er überragte seine Eltern, die einander in der Körpergröße fast glichen, mit siebzehn fast um eine halbe Haupteslänge - erinnerten an den langen Soldaten, der für wenige Wochen Dornröschens Prinzen gespielt hatte. Auch seine beiden Geschwister würden sicher nicht seine Länge erreichen.

Seine ganze Kraft widmete er nun seiner Schullaufbahn, seinen Hobbys und der Pflege seiner Freundschaften. Erstaunlich war, dass er seiner Familie die üblichen Pubertätskriege fast vollständig ersparte. Vielleicht war das sogar eine Folge seiner Enttäuschung. Des Reichtums der Zuneigung seiner Familie war er sich dadurch erst richtig bewusst geworden. Der Weg zum Abitur ging glatt vonstatten. Im Sportverein hatte er sich bald in der Handballsparte den Ruf erworben, der schnellste und härteste Torwart der Liga zu sein. Und wie seine Mutter war er schon sehr früh bei den Funken Blau-Weiß aktiv geworden, wurde seiner Sportlichkeit wegen schon mit sechzehn Jahren Tänzer und war im Jahr seines Abiturs dann der Haupttänzer, der die schwierigen Hebefiguren mit dem aktuellen Funkenmariechen zu bewältigen hatte.

Die ersten Monate vor Studienbeginn verbrachte er dann als Zivildienstleistender beim Roten Kreuz, erwarb seine Qualifikation als Rettungssanitäter, verbrachte dort den bei Weitem größten Teil seiner Einsatzstunden auf dem Rettungswagen und lernte die Welt wieder aus einem anderen Blickwinkel kennen. Besonders die tödlichen Verkehrsunfälle hatten intensiv prägende Wirkung. Da er diesen Dienst von zu Hause aus leisten konnte, blieb er seinen Freizeitaktivitäten im Großen und Ganzen treu.

Studium, Beruf und Familie

Wie die meisten Studienanfänger seiner Generation war er bereits Einundzwanzig, als er in Mainz sein Studium in Germanistik und Geschichte aufnahm, das ihn zum Gymnasiallehrer machen sollte. Die Wohnungssuche dort war sehr einfach, weil ihm die Patin seiner Mutter, Johanna Hollricher, ein hübsches Zimmer in ihrem Haus in Finthen anbot, in dem bis vor Kurzem noch ihr Jüngster gewohnt hatte, der nun endlich eine Partnerin und den Weg nach draußen gefunden hatte. Seinen Eifer für das Studium unterstützte er durch den Eintritt in die Handballsparte eines der Mainzer Sportvereine. Das war der perfekte Ausgleich für die geistige Arbeit. Viele seiner Kommilitoninnen und Kommilitonen stammten aus dem Umland und wohnten zu Hause. Ihm schien, das hindere eher an systematischer Arbeit und Zeiteinteilung. Manche führten auch schon Partnerschaften, was ihm auch störend erschien. So war er wie einst Mutter Dornröschen ausschließlich auf Wissenschaft und Sport konzentriert und gegenüber der ihn umgebenden Damenwelt anscheinend völlig immun.

In der Faschingszeit seines zehnten Semesters baten ihn die Verantwortlichen der Lahnsteiner Funken Blau-Weiß händeringend um Unterstützung. Einer der jungen Männer der Stammformation war durch eine Erkrankung ausgefallen. Also pendelte er zu den Übungsstunden jeweils nach Hause und fand sich zu seiner Überraschung sofort wieder in der Truppe und in der Choreographie zurecht. Mit einem jungen Mann namens Ingo in etwa seiner Körpergröße ordneten ihm die Trainerinnen unter anderen Aufgaben - beispielsweise Einzelpaartanz und Hebefiguren mit einer festen Partnerin - einen recht schwierigen Part zu: Seine Tanz- und Figurenpartnerin, die blonde Brigitte, war die oberste Tänzerin auf der Pyramide, wurde beim Abbruch dieser schwierigen Figur nach vorne gekippt und von ihm und dem anderen langen Kerl, den er an den Händen zu halten hatte, federnd aufgefangen. Irgendwie waren ihm alle diese Anforderungen sehr angenehm, boten sie ihm doch die Möglichkeit, die kleine blonde Brigitte immer wieder fast intim zu berühren und ihre Nähe zunehmend zu genießen. Manchmal lächelte sie ihm trotz aller Anspannung gerade in den anstrengendsten Phasen ihrer Figuren mit ihren strahlenden blauen Augen ganz verschmitzt zu.

Und dann passierte, was eigentlich nie passieren darf. Ingo erlitt bei einem offiziellen Auftritt im Pfarrheim mitten in der schwierigen Pyramidenformation einen Schwächeanfall. Genau in dem Augenblick, als Brigitte sich nach vorne warf, klappte er zusammen. Martins Reaktionsgeschwindigkeit, tausendmal im Handballtor trainiert, verhinderte eine denkbare Katastrophe. Er erwischte die fallende Brigitte unter ihren Armen, riss sie hoch und eisern an sich. Wie ein Äffchen schlang sie geistesgegenwärtig ihre Beine um seine Hüften und ihre

Arme um seinen Hals. Und außer dem Zusammenbruch Ingos war nichts Schlimmes passiert. Als nun ihre Gesichter durch diese seltsame Umarmung unmittelbar zueinander geraten waren, küssten sie sich vor allem Publikum wie auf Absprache herzlich und ausführlich. Während Ingo von zwei anderen jungen Männern behutsam von der Bühne gebracht wurde, brauste Beifall auf. Beifall für diese beispiellose Rettungsaktion und dann auch für den nicht enden wollenden spontanen Kuss zwischen dem langen Martin und der kleinen Brigitte.

Von dieser Stunde an waren die kleine hübsche Neunzehnjährige und der erheblich größere stattliche Sechsundzwanzigjährige unzertrennlich, wenn es auch durch die vorerst räumliche Trennung einige Schwierigkeiten zu überwinden galt. Martin war aber mit den Vorbereitungen für das Staatsexamen schon so weit fortgeschritten, dass er beschloss, seinen Daueraufenthalt nach Braubach zu verlegen, wo sein Mädchen im Haus ihrer Eltern Helbach genügend Platz für beide hatte. Brigitte arbeitete in der Blei- und Silberhütte in Braubach als Industriekauffrau, angesichts der Tatsache, dass ihr Vater dort als Techniker für die Aufarbeitung von Altbatterien mit verantwortlich war, eine durchaus verständliche Berufswahl. Und bereits im Juni feierten die Beiden dann eine schöne Verlobung in Kerns großem Garten. Am Abend in ihrem gemütlichen Zimmer im Haus Helbach meinte Martin dann schmunzelnd, sie würden ja wohl bei ihrem Größenunterschied von fast genau einer Haupteslänge eine Neigungsehe eingehen.

Er warf sich nun mit voller Kraft in die Prüfungsvorbereitungen. Zur Schuljahreshalbzeit Ende Januar 1984 hatte er nicht nur sein Examen ordentlich bestanden und eine Referendarstelle im Gymnasium in Bad Ems, sondern auch sein Brigittchen im November geheiratet und alsbald erfolgreich geschwängert. Brigitte hatte durch eine Kollegin kurz vor Weihnachten eine Wohnung in Nievern gefunden, in die das junge Paar dann am 19. und 20. Januar bei kräftigem Schneefall und tätiger Hilfe beidseitiger Geschwister einziehen konnte. Bei besserem Wetter würde Martin mit dem Fahrrad zur Arbeit fahren können, und Brigitte wollte nach der Geburt ganz traditionell zu Hause bleiben, Hausmütterchen spielen und möglichst noch zwei oder drei Kinder dazu bekommen. Vorerst fuhr sie mit ihrem kleinen Auto täglich über die Lahnhöhen nach Braubach ins Werk. Die kleine Karin kam dann als braves Lehrerkind inmitten der Sommerferien am 4. August 1984 zur Welt, kerngesund, hellblond und mit stahlblauen Augen.

Einmal muss Schluss sein

Peggy bemerkte im Herbst 1985 eine gewisse Veränderung in ihrer Einstellung zu ihrem Gewerbe. Sie war inzwischen fünfunddreißig Jahre geworden und fing allmählich an, sich ein Leben ohne die Vermietung ihres Körpers zu ersehnen. Ihre frühere Überlegung, rechtzeitig aufzuhören, um noch Mutter werden zu können, wurde ihr von Tag zu Tag wichtiger. Als sie Klaus eines späten Abends, als sie sich besonders innig geliebt hatten, ihre neue Sehnsucht offen legte, fand sie durchaus ein offenes Ohr. In zwei Jahren würde er Fünfzig. Sollten sie noch Kinder bekommen, wollte er nicht zu alt geworden sein. Also machten sie sich am kommenden Morgen daran, das Ganze systematisch zu durchdenken, durchzurechnen und zu planen.

Wo sie leben würden, hatte sich bereits ergeben. Schon vor fünfzehn Jahren hatten sie sich im Schweizerischen Oberwallis nahe Brig günstig ein hübsches geräumiges Chalet aus der Konkursmasse eines Ferienparkbetreibers kaufen können. Jährlich ab etwa dem 20. Dezember waren sie für vier Wochen in diesem schönen Haus in Urlaub, da sich Peggys Kunden in dieser Jahreszeit ohnehin rar machten. Internationale Kongresse fanden erst wieder ab Ende Januar statt, sodass die sexhungrigen reichen Schlipsträger aus anderen europäischen Staaten, aus den USA, aus der UDSSR sowie aus dem nahen und fernen Osten bis dahin ausblieben. Die heimische Kundschaft überstand diese Pausen auch ohne Schäden.

Klaus errechnete, wie viele Franken sie im Monat verbrauchen dürften, um ohne Probleme bis zum Beginn seines Rentnerdaseins von ihren Ersparnissen leben und zudem noch weitere freiwillige Leistungen auf beide Rentenkonten erbringen zu können. Das erwies sich als üppiges monatliches „Gehalt". Nun musste noch die Zukunft der Firma und ihres Hauses sinnvoll geregelt werden, am besten wäre wohl ein Verkauf. Dazu kam ihnen wieder mal ein seltsamer Zufall zu Hilfe. Einer der Portiers des größten Bremer Hotels rief wenige Tage nach Beginn ihrer Planung an und fragte, ob Klaus ihm neue Werbezettel bringen könne, sein und seiner Kollegen Vorrat ginge zur Neige. Wie verabredet marschierte Klaus den nicht sehr weiten Weg zu dieser Nobelherberge und übergab dem Portier sein wohl letztes Päckchen dieser bewährten Drucksachen.

Klaus und dieser Stefan kannten sich schon lange durch ihre Geschäftsbeziehung. Da Stefan nun auch gerade Feierabend hatte, setzten sich beide noch an die Hausbar auf eine ordentliche Tasse Kaffee. Klaus rückte nun damit heraus, dass die Dienste Peggys bald nicht mehr verfügbar seien. „Mensch, Klaus, das ist ja genau zum richtigen Zeitpunkt, dass ihr aufhören wollt. Seit einigen Monaten haben wir hier neben Peggys Angebot auch das Angebot eines Taxigirl-Services. Der schickt unseren

Gästen die Mädels ins Haus. Aber das hat Euch nie geschadet. Eines von den Mädchen, jung, bildhübsch, mittelgroß und noch heller blond als du mit hinreißend blaugrünen Augen kommt fast immer. Wir haben uns ineinander verliebt, obwohl ich fast ihr Vater sein könnte. Wie bei euch. Sie wohnt schon bei mir, obwohl ich nur eine sehr kleine Wohnung in einem der Wohntürme der Neuen Vahr habe. Wir verfügen beide über einiges Erspartes, und Ina hat kürzlich ganz hübsch geerbt. Sie möchte weg vom Taxigirl-Service. Sie würde am liebsten so arbeiten wie Peggy. Verkauft uns euer Haus und den Betrieb, dann ist uns allen Vieren geholfen. Irgendwann höre ich hier dann auch auf."

Wenige Tage später kamen Ina und Stefan dann zur Besichtigung. Beide waren hellauf begeistert. Stefan erzählte, er habe in seiner Wohnung mangels früheren Bedarfes außer einem alten Schrank, seinem Bett und einem Tisch mit zwei Stühlen gar keine eigenen Möbel, und die seien auch nur noch schrottwertig. „Ihr könnt ja unsere Einrichtung vollständig übernehmen, wenn sie euch gefällt. Unser Chalet in der Schweiz ist chic und bedarfsgerecht für uns ausgestattet. Selbst Peggys kleines Cabriolet könntet ihr kaufen, weil wir uns vom Hauserlös einen großen Rangerover für die Schweizer Berge anschaffen wollen, mit dem wir auch unser Hab und Gut mitnehmen können." Stefan hatte eine kleine aber feine Kamera mitgebracht, mit der er die Einrichtung der Zimmer und das Haus fotografierte. „Das schau ich mir bis zu unserem Einzug immer an. Ich fühle mich hier richtig wohl." Dann fragte er, ob er schon Ina im Arbeitszimmer fotografieren dürfe, die geeigneten Dessous habe sie an. Neue Werbeflyer mussten ja gedruckt und verteilt werden.

Es dauerte dann fast ein halbes Jahr, bis der Kauf perfekt, die Umschreibung des Gewerbes erledigt und der praktische Übergang von der Firma „Peggys Fremden-Verkehrs-Dienste" zur Folgefirma „Inas Fremden-Verkehrs-Dienste" rechtlich vollzogen war. Nur knapp einen Tag lang stand der fabrikneue Rangerover vor der Tür, dann war alles gepackt, ein kurzer Abschied von Ina und Stefan erledigt und die erste Etappe der Reise ins neue Leben angetreten. Beide empfanden kein Bedauern über diesen Abschied sondern ein ganz unbändiges Glück, dass die harte Zeit der - wenn auch äußerst gewinnbringenden - Prostitution nun endlich vorbei war. Als sie ihr Hab und Gut aus dem großen Wagen ausgeräumt hatten und nun im Chalet an Ort und Stelle räumten, nahm Peggy energisch die angefangene Antibabypillenschachtel und warf sie in den Müllkübel. Nun sollten sich die Hormone auf Familiengründung einstellen.

Von Stefan erhielten sie dann nach etwa sechs Wochen einen ausführlichen Brief, in dem er zufrieden den Neuanfang Inas schilderte. Viele Stammkunden hätten geäußert, es sei zwar schon schade, dass nun ihre dunkelhäutige Dienerin nicht mehr verfügbar sei, aber die neue junge Blondine erweise sich als ausgezeichneter Ersatz. „Und wir hoffen, dass es Euch in Eurer neuen Lebenssituation genauso gut geht wie bisher hier und uns jetzt."

Wunsch und Wirklichkeit

Peggy hatte nicht erwartet, dass sie nach den langen Jahren, in denen sie mit der Pille sorgfältig verhütet hatte, nun ruck-zuck würde schwanger werden können. Sie mussten es nehmen, wie es die Natur eben zuließ. Um aber unter guter Kontrolle zu sein, hatte sie wenige Wochen nach dem Umzug in Brig eine Frauenärztin gefunden, die ihr auf Anhieb Vertrauen einflößte. Bereits beim ersten Termin berichtete sie dieser dann auch völlig ungeschminkt ihre „unmoralische" Lebensgeschichte. Die Aufnahmeuntersuchung ergab ein recht erfreuliches Bild. Die Ärztin nannte sie eine gesunde Frau, die sich durchaus Hoffnung auf Kinder machen dürfe. Als sie Klaus von diesem Befund Bericht erstattete, war dieser erleichtert und froh.

Es dauerte aber und dauerte, und trotz guter und stressfreier Wochen und Monate tat sich nichts. In verabredeten Abständen von etwa einem halben Jahr besuchte Peggy ihre Frauenärztin. Und dann geschah das, was sich niemand wünscht. Gegen Ende 1989 entdeckte die Ärztin eine starke Veränderung der Gebärmutter, die auf eine Wucherung hindeutete, von der sie vorerst nicht zu sagen vermochte, ob sie gut- oder bösartig sei. Sofort wies sie ihre Patientin in das Spital in Sion ein, damit dort ein aussagekräftiger Befund erhoben werden konnte. Klaus kam täglich ein- bis zweimal zu ihr, um ihr die Wartezeit bis zum Befund so erträglich wie möglich zu machen. Und dann kam, gerade als Klaus zu Besuch war, der Chefarzt mit der entscheidenden Mitteilung zur Visite. Die unerfreuliche Nachricht sei, die gefundene Geschwulst sei bösartig und gehöre zu einer recht aggressiven Krebsart. Eine erfreuliche Nachricht habe er jedoch auch. Dieser Krebs sei offensichtlich so rechtzeitig erkannt worden, dass überhaupt noch keine Metastasenstreuung erkennbar stattgefunden habe. Also sei dieses Problem mit einer Totaloperation nach menschlichem Ermessen vollständig zu beseitigen. Lediglich eine vorsorgliche Medikamentenversorgung über einige Jahre sei nach dieser Operation angezeigt, wirklich nur zur Sicherheit.

Natürlich entschied sich Peggy ohne zu zögern zur sofortigen Operation. Als die Ärzte dann das Krankenzimmer verlassen hatten, in dem sie zufällig alleine lag, ließ sie ihren Tränen erst einmal ihren Lauf. Vorbei die Hoffnung auf ein Kind. Doch half ihr Klaus recht schnell zur Einsicht, auch ohne diese Krankheit hätten sie ja wohl kaum noch eine Chance auf Kindersegen gehabt. „Und auch ohne Gebärmutter bist du immer noch vollwertige Frau und meine wundervolle Geliebte. Wir werden uns zu Zweit das schönste Leben gestalten, das uns einfällt." So erfolgte der Eingriff bereits nach drei Tagen, und Peggy kam dank ihrer sonst hervorragenden Kondition sehr schnell wieder zu Kräften. Nur den Hoppenstedtschen Finanzen hatte das Ganze ein Wenig ihre Üppigkeit genommen, die deutsche Versicherung, in der Klaus und sie freiwillig versichert waren, übernahm nur einen Teil der Kosten.

Ab dem Frühjahr 1990 nahm Peggy wieder ihre bisherige Gewohnheit auf, mit Dauerkarte zwei Mal wöchentlich in der herrlichen Therme von Brigerbad schwimmen zu gehen, immer gleich morgens, wenn die meisten Kurgäste noch in ihren Appartements oder Wohnwagen schliefen. Beim zweiten Besuch sah sie beim Verlassen des Geländes der Therme einen gerade am Kassenhaus angebrachten Aushang, auf dem eine Person mit guter Schwimmfähigkeit zur Betreuung des Kinderbeckens und überhaupt der Kinder im Bad gesucht wurde. Eine Qualifikation als Bademeister oder Bademeisterin sei nicht erforderlich. Der jeweils diensttuende Bademeister solle lediglich unterstützt werden. Sofort besprach sie diese Möglichkeit mit ihrem Klaus und bewarb sich noch am gleichen Tag um diese Stelle. Sie hatte Glück, sie war die einzige Bewerberin und begann schon am Osterwochenende mit ihrer Arbeit, nachdem die nach dem Ausscheiden ihrer Vorgängerin verbliebene andere Kraft, eine ältere Frau italienischer Herkunft, sie ordentlich eingearbeitet hatte.

Ende Mai verstarb plötzlich einer der beiden Kassierer. Sofort fragte sie Klaus, ob er nicht einsteigen wolle, organisierte das Ganze mit den Betreibern und hatte von da an ihren Mann als Kollegen. Sie konnten ihre Schichten immer gleichzeitig legen lassen, denn der andere Kassierer war mit Peggys Kollegin verheiratet, und die waren wie die Hoppenstedts froh, dass jetzt auch ihre Schichten zusammenfielen. Nun hatten Peggy und Klaus einen ordentlichen Lebenszweck und auch bis zu seinem Renteneintrittsalter keine Sorgen mehr. Da es für beide Saisonarbeitsstellen waren, hielt sich die Belastung in Grenzen. Und beiden machte ihre Arbeit Spaß, zumal Peggy nun einen kleinen Ersatz für die Ermangelung eigener Kinder gefunden hatte.

Campingurlaub

Am 24. Februar 1987 bekam die kleine Karin Kern gleich zwei Brüderchen auf einmal. Martin bewunderte seine kleine Frau restlos, mit welcher Kraft und Gelassenheit sie die Schwangerschaft und auch die Geburt der beiden Kerlchen durchgestanden hatte. Die Zwillinge hatten die braunen Augen ihres Vaters, aber sehr bald wuchsen auf ihren kleinen bisher kahlen Köpfchen ganz hellblonde Haare. Ihr Geburtsgewicht war zwar nicht besonders hoch, aber sie entwickelten sich danach schnell zu recht properen Bürschlein. Brigitte hatte auch bis in die Sommermonate Milch genug, um beide ordentlich satt zu bekommen.

Martin beendete seine Zeit als Studienassessor, erhielt seine Ernennung zum Studienrat und konnte dann auch in Bad Ems bleiben. Ende 1986 hatten sie nach dem Tod ihrer Vermieterin von deren Erben das Haus am Hang kaufen können. Bis auf die kleine Erdgeschosswohnung bewohnten sie es schon seit ihrer Heirat. Der zusätzliche Raum erwies sich angesichts der gewachsenen Kinderzahl als durchaus nützlich. Das kleine Auto, das Brigitte mit in die Ehe gebracht hatte, war nun doch zu klein, und Martins alte Kiste schrottreif. Eingedenk der „Weisheit", in jede Immobilienfinanzierung sei die eines neuen Autos unterzubringen, erwarben sie tatsächlich einen großen kräftigen Kombi, in dem sich locker der breite Zwillingskinderwagen, alle drei Autokindersitze und noch allerlei Anderes sicher verstauen ließ. Als besonderes Zubehör wurde eine Anhängerkupplung mitbestellt, denn Brigittes Eltern hatten sich einen schicken neuen Zweimannwohnwagen zugelegt und ihren betagten aber äußerst gepflegten Familienwagen ihrer Jüngsten, die nun eine richtig große Familie hatte, geschenkt. Ein Verkauf wäre ohnehin nur ein Verlustgeschäft gewesen.

Im Lauf der folgenden Jahre wurde dieser Wohnwagen kräftig genutzt, ein erfreulicher Nebeneffekt der Tatsache, dass Martins jeweilige Ferien dazu die Möglichkeit boten. Mit zunehmender finanzieller Sicherheit der Familie wurden auch allmählich einmal im Jahr Auslandsfahrten durchgeführt. In den Sommerferien 1993 sollte nun erstmals ein Ziel in der Schweiz angefahren werden. Da die Zwillinge Lukas und Jochen nach diesen Ferien Schulkinder sein würden, sollten deren Schwimmkünste noch ein wenig verbessert werden. Weil sie in der Therme in Bad Ems diese Fähigkeit erlernt hatten, erschien die Therme Brigerbad im Oberwallis mit ihrem großen und für Schweizer Verhältnisse erstaunlich preiswerten Campingplatz - „Thermennutzung inclusive" - das geeignete Ziel.

Allein die Fahrt durch den Alpenkamm war für die Kinder ein großartiges Erlebnis. Nach stark ansteigender Anfahrt in Kandersteg auf den Autozug verladen reiste das große Gespann mit Mann und Maus und unzähligen weiteren Autos durch einen beeindruckenden Tunnel, den fast fünfzehn Kilometer langen Lötschbergtunnel, bis nach Goppenstein. Dort wurden die meisten Fahrzeuge - alle, die Ziele im westlichen Bereich des Oberwallis erreichen wollten - wieder abgeladen. Die Übrigen wurden dann weiter über Brig, wo wieder einige aus- und viele aufgeladen wurden, durch den Simplontunnel bis nach Iselle di Trasquera in Italien transportiert. Und die Autofahrt über die Serpentinen von Goppenstein hinunter bis zum Campingplatz war noch ein kleines Zusatzabenteuer für die Kernkinder.

Was man bezahlt hat, sollte man auch nutzen. Also wanderte bereits am nächsten Morgen die ganze Familie über den Platz zum Thermalbad. Sie hielten dem Kassierer ihre Armbinden an die Glasscheibe, mit der die Badeberechtigung der Camperfamilie nachgewiesen wurde. Mit einem sehr freundlichen, überraschend hochdeutschen „Na, ihr Zwerge!" winkte der die Kerns durch. Es war noch ziemlich ruhig im Bad. So konnte Martin sofort mit allen drei Kindern in das kühlere Erwachsenenbecken und prüfen, ob nicht nur die sehr gute Schwimmerin Karin sondern auch die beiden Buben ordentlich zurechtkamen. Brigitte setzte sich vorerst einmal, eingehüllt in ihren leichten Bademantel, auf die blaue Bank am Beckenrand in die Morgensonne. Wenig später setzte sich eine attraktive farbige Frau im weißen Bikini neben sie, deren Schirmmütze die Aufschrift trug: „Kinderbetreuung Brigerbad".

„Das ist aber eine muntere Truppe, ihre Familie." begann sie ein freundliches Gespräch. Brigitte fiel sofort auf, dass auch sie wie der Mann im Kassenhaus ein leicht norddeutsch gefärbtes Hochdeutsch sprach. Sie ging aber darauf nicht ein, sondern bestätigte fröhlich, dass sowohl ihre Kinder als auch ihr Mann tatsächlich recht muntere Menschen seien, ihr ganzer Lebensinhalt. Nach einiger Zeit kam Karin aus dem doch angenehm warmen Wasser, zog sich unter ihrem großen Badetuch ihren nassen Badeanzug vom Leib, nahm die Badekappe ab, schüttelte ihre langen blonden Haare locker und setzte sich in das Tuch eingewickelt behaglich zwischen die beiden Frauen. „Na, du kannst aber wirklich perfekt schwimmen. Hast du schon Schwimmabzeichen erworben?" „Ja, aber wenn wir wieder zu Hause sind, möchte ich die nächste Stufe erreichen, da will ich hier noch ein bisschen üben. Jetzt soll aber Papa erst mal die Zwillinge im Wasser noch sicherer werden lassen, vor allem Lukas hat immer noch einmal ein bisschen Angst vorm Tauchen." „Das ist der mit der blauen Badekappe?" „Ja, meine ist hier die rote und Jochen hat die grüne." Karin lachte. „Mama und Papa tragen welche in Orange, damit wir sie immer finden können. Opa Peter sagt: Signalfarbe." Peggy musste nun auch lachen.

Dann stand sie auf und glitt entgegen ihrer Gewohnheit ins Wasser. Sie schwamm zu Martin und bot ihm an, mit Lukas ein Tauchtraining zu veranstalten. Der war recht überrascht, aber dankbar, dass jemand helfen wollte, der sichtlich Einiges vom Kinderschwimmen verstand. Peggy hatte im Lauf der Monate eine Menge im Umgang mit Kindern gelernt. So ließ sie Lukas zuerst einige Übungen durchführen, mit offenen Augen das Gesicht unter Wasser zu halten und dabei zu schwimmen. Dann hatte sie plötzlich einen knallroten kleinen schweren Ball vom Beckenrand geholt und ließ ihn an sich herunter zum Beckenboden gleiten, wo er gut zu sehen war. Nun gab sie Lukas den Auftrag, den Ball zu holen. „Ich tauche mit und schaue mir an, wie du das machst. Wichtig: Augen auf, sonst findest du die Kugel nicht." Im Handumdrehen erwarb Lukas an diesem Morgen die Sicherheit, die ihm bis dahin gefehlt hatte. Peggy hatte von der Bank aus beobachtet, dass er immer die Augen zukniff, wenn sein Gesicht unter Wasser kam, das war das Problem gewesen.

Als Peggy wieder aus dem Wasser gestiegen war, bat sie Brigitte um eine kurze Aufmerksamkeit auf alle Kinder im Becken, verschwand für wenige Minuten im Gebäude und kam dann in einem trockenen weißen Bikini wieder zurück. Brigitte glitt nun auch in das große Becken und schwamm zügig einige Runden, dann ging die ganze Familie Kern zum Wohnwagen zurück, um schließlich ordentlich abgetrocknet ein kräftiges Frühstück einzunehmen. Von der dunkelhäutigen Betreuerin im Bad waren alle fünf durchaus angetan. Peggy selbst war den ganzen Vormittag über gut beschäftigt, man merkte die

Schulferien in fast ganz Europa, sehr viele Familien mit Kindern nutzten das Bad.

An den nächsten vier Tagen hatten Peggy und Klaus noch Frühschicht und erlebten Tag für Tag die fröhliche Familie mit den Zwillingen. Oft saßen Peggy und Brigitte zusammen auf der blauen Bank und unterhielten sich über Kinder im Allgemeinen und Brigittes Dreigestirn im Besonderen. Besonders die Souveränität der gerade neunjährigen Karin beeindruckte Peggy sehr. Und immer wieder versuchte sie dahinter zu kommen, woran und an wen sie dieses Kind manchmal erinnerte.

Nachdem dann eine Woche lang die nette Italienerin in der Frühschicht die Verantwortung für die Kinder getragen hatte, war nun wieder Peggy morgens an der Reihe, begeistert begrüßt von den drei Kindern von der Lahn. Jochen fragte an diesem Morgen: „Wie heißt du eigentlich?" „Peggy, und so könnt ihr mich auch gerne nennen." „Und du auch", meinte sie zu Brigitte, „hier duzen sich die meisten Leute, und wir verstehen uns doch ganz gut. Also, Brigitte, einverstanden?" Die lachte: „Natürlich, gerne", und wieder hatten sich die Beiden eine Menge über Kinder zu erzählen.

„Hast du eigentlich eigene Kinder?", fragte Brigitte dann am vorletzten Tag ihres Aufenthaltes im Wallis. „Hätte ich gerne gehabt, aber da hat uns ein Gebärmutterkrebs einen Strich durch die Rechnung gemacht. Uns war das große Geld, das wir verdient haben, viel zu lange wichtiger als eine vollständige Familie. Jetzt ist es zu spät, aber die Beschäftigung mit den Kindern und der Eintrittskasse hier, die wir finanziell gar nicht nötig hätten, macht uns Freude." „Ich habe mir schon so etwas gedacht, der Rangerover hat ja mal ein Vermögen gekostet. Was für einen Betrieb habt ihr denn gehabt?" „Ich bin mir nicht sicher, ob du das wirklich wissen willst. Da regen sich die meisten Leute gewaltig moralisch auf." „Ach was, ich bin tolerant erzogen worden und halte Toleranz für eine der wichtigsten Tugenden des Zusammenlebens." „Na gut, dann will ich es dir sagen. Ich war mehr als achtzehn Jahre lang die vermutlich erste und lange Zeit auch wohl einzige Edelprostituierte Bremens, selbstständige Unternehmerin und richtig teuer. Die reichen Kerle zahlen aber anstandslos, Hauptsache guter Sex mit einer attraktiven Hure. Und mein Mann war als mein angestellter Sekretär der Organisator und Geldverwalter. Da haben wir erhebliche Reichtümer in die Schweiz beiseite geschafft. Wir haben hier ein eigenes großes Chalet, genießen unsere Zweisamkeit und sind glücklich, dass wir hier im Bad gebraucht werden.

Ich sage dir auch, wie ich dazu gekommen bin. Ich bin als Kind vom Leiter des Kinderheimes, in dem ich nach Mutters Tod leben musste, dauernd sexuell missbraucht worden. Jede Woche einmal. Und so ging es vielen Mädchen in diesem Heim. Mein Mann hat mich aus dieser Situation gerettet, den Täter hinter Gitter gebracht

und alles mitgemacht, was ich wollte. Das war sehr erstaunlich, er ist nämlich eigentlich ziemlich feige. Er muss mich von Anfang an unglaublich geliebt haben. Und mit meinem Gewerbe habe ich mich bitter an diesen machtbesessenen Männern gerächt, die sich einbilden, sie bekämen zu Hause nicht genug. Meine Nachfolgerin war von ihrem Großvater ständig missbraucht worden, die hat die gleiche Motivation. - Oh, mein Gott, das alles habe ich so noch niemandem erzählt. Brigitte, es ist schön, dass ich dir das einmal so kompakt sagen durfte. Weißt du was, morgen bin ich ohne meinen Mann hier. Den bringe ich zuvor nach Sion ins Krankenhaus zur Darmspiegelung und einigen anderen Untersuchungen. Gegen fünfzehn Uhr kann ich ihn dann abholen. Ich lade deine ganze Familie zum Mittagessen in das Therme-Restaurant ein. Ich mag euch so gerne, vor allem Karin."
„Oh, danke, gerne doch. Das ist dann zugleich unser Abschiedsessen. Übermorgen früh müssen wir um kurz nach Zehn in Goppenstein auf den Zug."

Das Mittagessen nach Peggys Dienstschluss wurde eine recht behagliche Angelegenheit. Die Zwillinge prahlten mit ihrem Schulanfang nach den Ferien, und Peggy ließ sich gerne von Karin in die Welt des Rheinischen Karnevals einführen, war die Kleine doch längst in die Fußstapfen ihrer Eltern und ihrer Großmütter getreten und emsig bei den Funken Blau-Weiß in der Kinderformation aktiv. Es stand sogar zu erwarten, dass sie in der kommenden Kampagne als Kinderprinzessin gewählt würde. Nach der Mahlzeit verabredeten dann die Erwachsenen für den Fall eines weiteren Urlaubs der „Großfamilie" in Brigerbad ein fröhliches Wiedersehen und vielleicht einen Besuch im Chalet mit dem von Peggy beschriebenen Panoramablick in die Hochalpen. Sie waren schon beim Verabschieden, da übergab Peggy Brigitte eine Visitenkarte. Die bemerkte beim Einstecken dieser in ihre Tasche, dass sie ja auch einige bei sich trug und übergab also der netten Badeaufsicht im Gegenzug eine der ihren.

Entdeckungen

Peggy musste vor dem Krankenhaus noch einige Minuten warten, bis Klaus ohne schlimme Befunde mit entspanntem Lächeln aus der Pforte kam. Also zog sie die Visitenkarte hervor, die sie achtlos in die Tasche ihrer Shorts gesteckt hatte, um sie sich nun genauer anzuschauen. Einen Augenblick lang konnte sie gar nicht fassen, was sie da las: „Studienrat Martin Kern und Familie" mit Adresse in Nievern und Telefonnummer. Martin Kern! Wie ein Blitz traf sie die Erkenntnis, wieso ihr die kleine Karin so vertraut gewesen war. Klaus hatte nach dem Verlust seiner Familie und seiner gesamten Habe von seiner Schwester Lydia ein Kinderbild mit ihm zwischen seinen vier großen Schwestern geschenkt bekommen, er damals wohl vier oder fünf Jahre alt. Er trug lange Haare auf diesem Bild. Und genau dieses Kindergesicht hatte Karin. Natürlich, sie war ja auch seine Enkelin. Und der kleine Feigling Lukas hatte im Wasser die gleiche Schnute gezogen wie sein Großvater. Auch war Martin Kern ein ebensolcher Riese wie sein Vater Klaus.

Peggy rief sich zur Ordnung und kutschierte den schweren Wagen gelassen bis nach Hause. Dort bereitete sie einen ordentlichen Kaffee zu dem Gebäck, das schon für den leeren Magen, den Klaus zur Untersuchung hatte haben müssen, bereit stand. Als der das erste Stück gegessen hatte, schob sie wortlos die kleine Karte über den Tisch. Er las Martins Namen, stutzte einen Augenblick und stöhnte dann: „Also waren die drei netten Zwerge meine Enkel, die patente kleine Frau meine Schwiegertochter und der lange Mensch mein Sohn. Es ist nicht zu fassen. Obwohl, es ist ganz komisch, irgendwie kamen die mir alle seltsam bekannt vor." Peggy stand wortlos auf, zog das Kinderbild aus der Lade und legte es vor Klaus auf den Tisch. Nun standen ihm doch ein paar Tränen in den Augen. „Die kleine Karin hat ja mein Kindergesicht!" „Eben, und das hat uns beide die ganze Zeit beschäftigt."

Abends im Bett kam auf einmal Klaus mit einem tiefen Seufzer zu folgendem Schluss: „Die werden wir leider nie wiedersehen. Ich glaube kaum, dass mir mein Sohn verzeihen kann, dass ich ihn weder sehen wollte noch bereit war, ihm seinen berechtigten Anteil an unserem Reichtum zu zahlen. Wir haben ihn um mehr als acht Jahre Unterhalt betrogen und auch sein Studium nicht mitfinanziert. Was will er mit dem feigen Lügner, der ich jetzt erst recht für ihn bin?" Obwohl es ihr sehr leid tat, Peggy sah das genauso. Und mit schuldig war sie schließlich auch.

Die Heimreise der Familie Kern verlief wie die Hinfahrt in zwei Etappen. Mit einem Wohnwagen am Haken lässt sich bei guter Vorbereitung ein Zwischenstopp sehr gut organisieren. Zu Hause hatte Brigittes Waschmaschine gut zu tun. Martin räumte mit den Kindern alles aus, was nicht dauerhaft im Auto oder im Wohnwagen zu bleiben hatte. Am zweiten Abend dann machte sich Brigitte schließlich daran, einige kleine Erinnerungsstücke, die sie in ihre Tasche gesteckt hatte, herauszunehmen. Sie hatte anders als viele Frauen, die sie kannte, gerne Ordnung in ihrer Handtasche. Da fiel ihr nun auch die Visitenkarte in die Hände, die zwar etwas zerknautscht war, aber mit einem schnellen Handgriff wieder fast glatt. Und nun las sie verblüfft: „Peggy und Klaus-Georg Hoppenstedt" mit Adresse und Rufnummer des Chalets. Hoppla, da waren sie doch unversehens über Martins Vater und seine aparte zweite Frau gestolpert. Die war ein herzerfrischend fröhlicher, offener Mensch. Und hatte ihr ehrlich eingestanden, dass ihr Mann eigentlich ein Feigling sei.

Martin, der auf dem Sofa saß und seine Ferienfilme eintütete, die er am nächsten Tag zum Entwickeln bringen wollte, sah ihr Erstaunen und fragte: „Was gibt's, Kleines?" Gespannt auf seine Reaktion schob sie ihm die Visitenkarte zwischen seine Tüten. „Das ist ja wohl nicht zu fassen! Da hat der Kerl ein kleines Einkommen erlogen und meine Eltern voll für mich aufkommen lassen, zudem sich geweigert, mit mir Kontakt aufzunehmen, und lebt nun als reicher Privatier in Saus und Braus in der Schweiz. Verdient hat er ja eigentlich wirklich nichts, sondern auch noch seine tolle Frau anschaffen lassen. So ein Armleuchter! Hätte mir einmal einer gesagt, ich würde eine Prostituierte zu schade für einen Mann halten, ich hätte ihn für verrückt erklärt. Die Peggy ist aber wirklich für diesen Mann zu schade." Damit war für ihn das Thema erledigt.

Buße und Vergängnis

Etwa vier Wochen später erhielt Brigitte Kern einen Brief aus der Schweiz. Peggy schrieb ihr: „Liebe Brigitte, nachdem wir nun beiderseits wissen, wie eng unsere Lebensschicksale miteinander verknüpft sind, und mit welchem Egoismus mein Mann und ich Deinem Mann die Kinder- und Jugendzeit belastet haben, ist uns klar, dass Martin überfordert wäre, würde er uns vergeben und unser Handeln vergessen wollen. So rechnen wir damit, dass diese schönen Sommerwochen die ersten wie auch letzten Begegnungen waren, so traurig das ist.

Anstatt großer feierlicher Entschuldigungen oder Wiedergutmachungsversuchen Martin gegenüber haben wir uns zu einer anderen Form der Buße für unsere Schuld entschlossen. Ich schreibe bewusst ‚unsere' Schuld, bin ich doch mit jeder Entscheidung, die Klaus getroffen hat, einverstanden gewesen. Er hat seinen Beamtenstatus aktiv beendet, sich in meiner „Firma" ein Minieinkommen konstruiert, um keinen Unterhalt mehr zahlen zu müssen, und illegal viel Geld in die Schweiz verschoben. Alles Kapital, einschließlich Chalet und Auto, von und mit dem wir leben, ist mein alleiniges Eigentum. Wir haben Gütertrennung, seit ich mich selbstständig machte. Bis Klaus Rentner sein wird, also bis spätestens 2002, benötigen wir dessen Nutzung.

Ich überschreibe dann alles, was ich habe - das Haus und dieses Auto werden verkauft und ein kleiner PKW

147

angeschafft - einer in Hamburg ansässigen Stiftung, die sich ausschließlich mit Hilfen für missbrauchte Kinder beschäftigt. Heute früh habe ich ein entsprechendes Testament notariell testieren lassen, welches mein Eigentum im Falle meines vorherigen Todes dieser Stiftung zufallen lässt. Dann muss Klaus eben vorzeitig in Rente gehen oder in Bremen, wohin wir zurück wollen, noch arbeiten.

Wir, vor allem aber ich, denken gerne an Euch und die schönen Tage mit den Kindern hier zurück. Ich vertraue darauf, Du wirst Martin meine Mitteilungen sinnvoll zur Kenntnis bringen. Und auch nicht vergessen, Karin und die Zwillinge herzlich von mir zu grüßen. So herzlich, wie ich Euch alle grüßen möchte - und der reichlich zerknirschte Klaus auch - Deine, Eure Peggy."

Brigitte kamen die Tränen. Welch eine prachtvolle Person, diese dunkelhäutige Peggy mit ihrer verrückten Lebensgeschichte und ihrer unverrückbaren Liebe zu diesem eigenartigen Erzeuger Martins. Als dieser von der Schule nach Hause kam, gab sie ihm den Brief zum Lesen. „Irgendwie hat sie recht, so richtig vergeben kann ich diesem Mann nicht, was er meinen Eltern und mir zugemutet hat, aber mein erster Groll ist weg. Ich will jedoch einfach nichts mehr mit ihm zu tun haben. Du siehst aber, wie recht ich hatte. Diese Peggy ist eigentlich für ihn viel zu schade."

Während das Thema Hoppenstedt für die Kerns damit erledigt war, hatten Peggy und Klaus in der Schweiz lange an den Erlebnissen dieses Sommers zu knabbern. So war es ein wirklich großes Glück, dass sie ihre Arbeit im Thermalbad sogar auf die kalten Monate erweitern konnten, Klaus in der Verwaltung und Peggy in den eingeschränkten Hallenbecken. Langeweile kam nicht auf. Anfang 2000 hatte Klaus dann plötzlich den Wunsch, nach Bremen zurückzukehren. Auch Peggy fand diesen Gedanken nicht übel, machte ihr doch das große Chalet und das Autofahren auf den steilen Gebirgsstraßen allmählich Mühe, wenngleich sie erst fünfzig Jahre alt werden würde. Sie gestand sich zunehmend ein, dass ihr einstiger Beruf und erst recht die Operation sie doch ziemlich ausgelaugt hatten.

Einmal beschlossen wurde der Neuanfang dann auch vehement in Angriff genommen. Klaus zog die entsprechenden Anträge für eine vorzeitige Verrentung aus dem Internet und schickte sie mit allem geforderten Material - Unterlagen und Belegen - zur Deutschen Rentenversicherung. Gleichzeitig beauftragte Peggy eine Maklerfirma mit dem Verkauf des Chalets und tauschte den alten, aber immer noch durchaus geldwerten Rangerover gegen einen schlichten Mittelklassewagen, der als Jahreswagen günstig angeboten worden war. Klaus suchte indessen im Internet nach einer kleinen bezahlbaren Wohnung in Bremen. Und beide kündigten ihre Arbeit in der Therme, was ihnen gar nicht so leicht fiel.

Alle diese Aktionen waren nach etwa einem Vierteljahr erledigt. Die Chaletkäufer übernahmen sogar die ganze Einrichtung, so benötigten die Beiden nicht einmal ein Umzugsunternehmen. In der Wohnung im Bremer Stadtnorden, wo kein Mensch die Beiden kannte, war eine fast neue Einbauküche vorhanden und ein hübsches Badezimmer. Der älteste Sohn Lydias hatte bereits die Schlüssel übernommen und für eine neue schlichte Schlafzimmereinrichtung sowie einen Tisch und einige Stühle in der Küche gesorgt. Alles Weitere erledigten sie dann vor Ort selbst. Und nun begann ein ruhiges Dasein für den Rentner Klaus, und für Peggy die Suche nach einer sinnvollen Beschäftigung. Die fand sich schneller als gedacht. Genau in der Grundschule, in der Lydias Sohn Schulleiter war, wurde händeringend eine Assistenzperson für eine kleine Rollstuhlfahrerin gesucht, die nur mit einer solchen eingeschult werden konnte. Peggy sagte sofort zu, als Cord Braun sie fragte.

Sie musste ja jetzt etwas zum Lebensunterhalt beitragen, denn verabredungsgemäß floss nun alles Kapital, was noch auf dem Schweizer Konto nach dem Verkauf des Chalets verfügbar war, und das war nicht wenig, in die Hamburger Stiftung. Weil das insgesamt so viel Geld war, wurde Peggy vom Geschäftsführer direkt gefragt, ob sie als Ersatz für eine eben verstorbene Person Mitglied im Vorstand der Stiftung werden wolle. Auch hier sagte sie nach kurzer Rücksprache mit Klaus sofort zu.

Fünfzehn Jahre lang hatten die Hoppenstedts nun ein ruhiges und erfülltes Leben in Bremen. Klaus übernahm die ehrenamtliche Kassenführung eines bekannten Sportvereins, wurde Sprecher der Mieter des großen Hauses, in dem sie wohnten, und suchte sich allerlei Bücher aus der Stadtteilbibliothek, die er mit großem Interesse las. Peggy ging in ihrer Arbeit mit den pfiffigen behinderten Kindern regelrecht auf. Und die Stiftung wurde allmählich ein ganz wichtiger Bestandteil ihres Lebens. Sie sprühte vor Energie und Leidenschaft für die Sache. So waren die Jahre ins Land gegangen und Peggy freute sich auf das Ende des Schuljahres. Denn von da an war auch sie Rentnerin. Doch sollte sie diesen Termin nicht mehr erleben. Am 10. Mai 2015 wachte sie morgens nicht mehr auf, ein schwerer Schlaganfall hatte im Schlaf jählings ihr Leben beendet. Der knapp achtundsiebzigjährige Klaus war nach ihrer Bestattung nicht mehr in der Lage, richtig für sich selbst zu sorgen und zog bereits Anfang Juli in ein Altenwohn- und Pflegeheim nach Lilienthal vor den Toren Bremens.

Der Rechtsstreit

Martin und Brigitte hatten über den Aufgaben, die das Wachstum ihrer Kinder, der Tod einiger der älteren Familienmitglieder, Martins Schulalltag und auch die allgemeine Lebensführung ihnen aufgab, die leidige Angelegenheit Hoppenstedt völlig zur Seite geschoben. So war das Forderungsschreiben der Stadt Bremen ein ziemlicher Schock für beide. Noch am gleichen Vormittag rief Martin tatsächlich bei seinem Schwager Kurt Helbach an. Dieser führte mit zwei jüngeren Anwältinnen eine Gemeinschaftskanzlei in Koblenz und war unter Anderem Fachanwalt für Verwaltungsrecht. Er ließ sich das Bremische Schreiben sofort per Scan und Mail auf seinen privaten Rechner schicken. „Bei erster Durchsicht sehe ich bereits eine echte Chance, diese Forderung zurückzuweisen. Zuerst legst du gleich morgen Widerspruch ein. Schreibe als Begründung, dass du angesichts des Abbruches der Unterhaltszahlungen und der Kontaktverweigerung durch deinen Erzeuger diese Forderung im Sinne des § 1611 BGB für unbillig hältst, also keine Unterlagen über dein Einkommen vorlegen wirst und keine Zahlungen zu leisten bereit bist. Ich werde erst tätig, wenn das dort nicht anerkannt wird. Und damit ist zu rechnen, weil Behörden immer erst abwimmeln und hoffen, der Kostenpflichtige gibt auf."

Kurt hatte recht. Postwendend kam eine Zurückweisung des Widerspruchs mit dem Hinweis, der Herr

Hoppenstedt habe nun einmal so wenig verdient und für eine Kontaktverweigerung fehle jeder Beweis. Nun erwies es sich von sehr großem Nutzen, dass die ordnungsliebende Brigitte entsprechend ihres Berufs Industriekauffrau alle Briefe im Zusammenhang mit der Vaterschaft des Klaus-Georg Hoppenstedt sorgfältig abgeheftet hatte, auch die Originale und Durchschriften, die ihnen ihre Schwiegereltern irgendwann einmal übergeben hatten. Martin verließ sich in solchen Dingen stets auf seine Frau, sein Unterricht und seine spätere Funktion als stellvertretender Schulleiter forderten von ihm genügend Organisation. So konnte Brigitte ihrem Bruder zu dessen großer Freude brauchbare Beweismittel übergeben.

Dieser formulierte nun in seiner Klageschrift: „Die Zurückweisung der Forderung der Freien Hansestadt Bremen vom ... 2017 nach § 1611 BGB begründet sich erstens darauf, dass mein Mandant erfahren hat, dass sein Erzeuger durch eine entsprechende Rechtskonstruktion des Gewerbebetriebes seiner Ehefrau, deren Angestellter er wurde, ein kleines Einkommen darstellen konnte, das ihn von der Zahlungspflicht de jure befreite. De facto indessen war das ihm verfügbare Kapital, dessen schnelle Vermehrung seine Ehefrau Peggy als Edelprostituierte für die wohlhabendsten heimischen und auswärtigen Kunden generierte, so reichlich, dass er und seine Gattin den bei Weitem größten Anteil illegal in die Schweiz transferieren und dort nach Aufgabe des Gewerbes mehr als fünfzehn Jahre lang ein durchaus aufwendiges gemeinsames Leben führen konnten. Nach dieser Zeit war das Kapital längst nicht verbraucht sondern von der Ehefrau Hoppenstedt einer Stiftung zugeführt worden. Beigefügtes Schreiben der Ehefrau (Anlage 1), die das Ehepaar Kern zufällig in der Schweiz kennen gelernt hatte, belegt diese Situation, die Stadt Bremen wird zudem über Unterlagen zum Gewerbebetrieb der Peggy Hoppenstedt verfügen.

Außerdem wird die Forderung aus einem zweiten Grund für unbillig erachtet. Mit einem Antwortbrief des Herrn Hoppenstedt vom … 1971 (Anlage 2) auf eine Anfrage meines Mandanten wird bewiesen, dass der Vater jeden Kontakt verweigerte. Zusätzlich kann diesem Schreiben entnommen werden, dass Herr Hoppenstedt hinsichtlich seiner Finanzsituation seinen Sohn, dessen Mutter und den Ziehvater belogen hat, die Familie Kern also bewusst hinterging."

Mit dieser Begründung beantragte er die Feststellung der Unbilligkeit jener Forderungen der Stadt Bremen. In erster Instanz bekam Martin recht, doch legte die Sozialverwaltung der Hansestadt Berufung ein. Sie begründete diese mit der Feststellung, durch Gütertrennung des Ehepaares Hoppenstedt sei die Einstellung der Unterhaltszahlungen jedenfalls rechtens gewesen, und außerdem habe sich Martin reichlich spät um den Kontakt zu seinem Erzeuger bemüht, da habe es bereits keinen Anknüpfungspunkt mehr für eine Vater-Sohn-Beziehung gegeben.

Die Berufungsinstanz benötigte nur ein kurzes Statement des Rechtsanwalts Kurt Helbach mit dem Hinweis, rechtlich korrekte Möglichkeiten könnten kein Argument sein, wenn die nachweislich eindeutig rechtswidrige Verweigerungshaltung des Vaters diese erst vorsätzlich geschaffen hätte. Und von einem Kind, das seinerzeit gerade vor Kurzem seine biologische Herkunft verstanden habe, eine frühere Kontaktaufnahme zu erwarten, sei letztlich eine Verhöhnung kindlicher Persönlichkeit. Das Urteil war so eindeutig und klar formuliert, dass die Stadtverwaltung Bremen ihre Forderung niederschlug und weiterhin bis zum Tod des alten Klaus-Georg Hoppenstedt die Eigenanteilskosten für seinen Heimaufenthalt zahlte.

Ohne die Sorgfalt, mit der Brigitte Kern die alten Briefe aufbewahrt hatte, wäre dieser Erfolg sicher nur sehr schwer oder gar nicht zu erringen gewesen.

Vom selben Autor sind bisher folgende Bücher erschienen:

- Am Außendeich, Geest-Verlag 2020,
  ISBN 978-3-86685-812-1

- Erben verpflichtet, Geest-Verlag 2021,
  ISBN 978-3-86685-835-0

- Gelernt zu leiden ohne zu zerbrechen?, Verlag BoD 2021,
  ISBN 978-3-7534-4379-9

- Dorfkristallnacht, 2. Auflage, Verlag BoD 2021,
  ISBN 978-3-7557-3720-9

- Pommerland ist abgebrannt, Verlag BoD 2022,
  ISBN 978-3-7557-0732-5

- Milch und Honig, Verlag BoD 2022
  ISBN 978-3-7543-8497-8

roos-gerhard-autor.de